La muerte del aire

(Cuentos)

Natalia Victoria Galindo

La muerte del aire

(Cuentos)

País Invisible Editores
Puerto Rico
2023

La muerte del aire

ISBN: 979-8-218-33220-4

© Natalia Victoria Galindo

Primera edición: 2023

Correo electrónico de la autora: nvgalindo29@gmail.com

País Invisible Editores
787-649-1281
Avenida Roosevelt 1026
San Juan, Puerto Rico, 00920

Correctora: Mara Romero Medina (mara.mara21@yahoo.com)

Consultor creativo: Emilio del Carril (emiliodelcarril@gmail.com)

Diagramación: Eric Simó (ericji28@yahoo.com)

Diseño de cubierta: Eric Simó

Ilustraciones: Natalia V. Galindo

Fotografía de la autora: José Rafael Pérez Centeno

Para
Carmen, mi madre; por tanto
Paul, mi cómplice y compañero; por el amor
Pablo y Felipe, amados hijos; por hacerme más fuerte
y ser la vida de mi vida.

Gracias infinitas
a Emilio del Carril,
a Nancy Debs Ramos
y a Daniel Hilerio Villanueva

La muerte del aire

Sembrado en ti, Tierra, rompo, rasgo,

me pierdo por los senderos oscuros que abres para mí.

Me arrastra la marea que transita en el mar salvaje

de tus aguas y subo,

subo mientras irremediablemente desciendo.

Me lanzo al vacío con toda la fuerza de lo que soy

y me derramo en fuego por tus entrañas;

perdido,

convertido en lava que te quema,

te consume

y muere junto a ti.

Índice

Telas de colores, pinceladas sobre el cielo azul

"La cometa se eleva más alto en contra del viento, no a su favor".

WINSTON CHURCHILL

Canito no tenía padre, era el hijo de Trina, la Negra, y de nadie más. En el pequeño apartamento de La Perla donde vivía, no había ninguna foto de su familia ni quedaban recuerdos de su niñez. La última conexión con su infancia la perdió siendo un adolescente, quebrantado bajo el peso del Cherna; aquel amante de su madre que lo despojó de su inocencia en medio de una bocanada de aire que hedía a vicio y a alcohol. El mismo amante que murió meses después, destripado por su madre, cuando lo encontró desnudo y jadeante en el sofá, montado sobre Canito. Habían pasado siete años de aquello y Canito era ya un hombre, uno que por las noches se vestía con ropa de mujer para no sentir soledad.

Era rubio y tenía los ojos azules; aunque a veces cambiaban de color y se tornaban casi verdes, como las aguas del mar Caribe. Había heredado los labios carnosos y la piel tostada de Trina. Los vecinos, la única familia que tenía, le contaban que a la Negra le gustaban los hombres jinchos, que antes de que Canito naciese la habían visto con un marinero, de esos que iban a verla bailar al bar donde trabajaba, cerca del muelle del Viejo San Juan. La Trina bailaba bien, pero su arte nunca salió del barrio. Su hijo, observador mudo de las resacas y de los amantes de turno de la Negra, había heredado de ella el gusto por la música y esperaba a quedarse solo para vestirse con los trajes de colores de Trina. Frente al espejo agrietado del dormitorio, se pintaba los labios, cantaba y se contoneaba al son de la música. *Anacaona* era su canción favorita, la que más le recordaba a la Trina, porque su madre se pasaba tarareándola mientras iba de acá para allá en el apartamento. Así lo encontró el Cherna la mañana en la que lo despojó de su niñez: maquillado y bailando frente al espejo. Canito, acostumbrado a ser testigo silente, no tuvo tiempo ni ganas de reaccionar a aquel asalto. De ahí en adelante, pasó a ser propiedad del amante de la Trina. El Cherna conocía los horarios de la Negra y llegaba cuando sabía que Canito estaba solo. Lo buscaba como un gato sigiloso que merodea pacientemente a su presa indefensa para atacarla en el momento justo, con sagacidad felina, una y otra vez. Hasta aquella tarde liberadora en la que Trina, cuchillo en mano, lo mandó destripado al otro mundo, mientras las olas rompían con fuerza sobre la costa de La Perla.

Cuando se quedó solo sin su madre, Canito dejó de ir a la escuela y se buscó la vida con pequeños trabajos y mandados que le daban los vecinos durante el día. Por las noches, continuó con la costumbre de vestirse con los trajes de la Negra y pintarse los labios frente al espejo, sin preocuparse porque llegase el Cherna a embestirle con las manos sucias y el aliento hediondo a ron.

Años más tarde, encontró trabajo de conserje en una escuela lejos del barrio, donde nadie le conocía. A Canito no le gustaban los días ni el uniforme azul oscuro que tenía que usar para trabajar, ese que le recordaba que su lugar en el mundo era el de recoger la basura que tiraban los niños ricos. Los oía en los pasillos a la hora del recreo, alardeando de sus vidas de lujo y contándose sus intimidades, mientras que él barría sus miserias: "Hola, Juan"; "Permiso, Juan"; "No cuentes lo que estamos haciendo, Juan"; "No nos has visto, Juan"; "Quítate del medio, Juan".

En el colegio era en el único lugar donde le llamaban por su nombre de pila, allí nadie conocía los detalles de su vida ni las ganas con las que se quitaba el mono azul para vestirse con las faldas coloridas de su madre. Cada noche, al llegar del colegio, se quitaba el uniforme y se ponía los trajes de baile de Trina. Vestido con sus recuerdos daba volteretas, mientras la brisa que entraba por la ventana alzaba los volantes de la tela. Cerraba los ojos e imaginaba que surcaba el cielo, enarbolado por el aire cálido que le acariciaba la cara y casi le humedecía los labios. En ese soñar despierto, le parecía escuchar la voz melódica de su madre: "Canito, Canito, mi niño bonito".

Él esperaba que ocurriese el milagro de que, un día, su madre saliera de la cárcel, pero una mañana de domingo, mientras las viejas del barrio iban a misa, recibió la llamada de la penitenciaría: la Negra estaba muerta. La habían apuñalado en una reyerta con otras presas. No se sabía muy bien qué había motivado la discusión, aunque algunas reclusas decían que la habían matado por defender a otra compañera. Ahora sí que se había quedado solo en el mundo.

Llorando, se acercó al armario, sacó el traje de colores de la Trina que más le gustaba y se lo puso. Se miró en el espejo y se pintó los labios de rojo brillante. *Del mismo color de la sangre de las tripas del Cherna*, pensó. Luego, desplegó las hojas de las ventanas para que entrara la brisa, cerró los ojos y empezó a dar vueltas tratando de escucharla: *Trina, canta, canta*, suplicó en su mente, pero no logró oír la voz melodiosa de su madre. Abrió la puerta del apartamento y salió a la calle: buscaba el lugar donde el viento soplaba con más fuerza. Caminó varios metros y dio una vuelta, luego otra, se levantó la falda y la movió buscando un soplo de aire, pero seguía sin escuchar la voz de Trina. Algunos vecinos curiosos, asomados, a medias, desde las ventanas, lo miraron contoneándose con el traje de volantes; otros, atónitos, se apartaron para darle paso mientras Canito subía la cuesta de La Perla hacía la salida de la calle Norzagaray.

Al llegar a la acera de cemento se detuvo y miró desde lo alto las casas multicolores del barrio, los techos de cemento y cinc, y las olas que rompían en secuencia, convertidas en espuma. Algunos turistas se detuvieron para mirarlo y tomarle fotos, mientras Canito divisaba, a lo lejos, un buque de carga que cruzaba la costa de este a oeste, entrando hacia la bahía de San Juan.

Recordó que durante su vida había visto muchos buques como aquel y barcos de todos los tamaños haciendo el mismo recorrido; que de pequeño se sentaba con su madre algunas tardes, cuando ella no trabajaba, y, juntos, los contaban entrando y saliendo.

Ajeno a la mirada de los curiosos, corrió por la acera en dirección hacia el Morro, contoneando el vuelo de la falda. Pasó por el cementerio con la cara volteada para no ver las lápidas ni las cruces y llegó a la esplanada verde con la respiración agitada y el pecho apretado por el esfuerzo. Se detuvo para mirar las chiringas volando en el firmamento: telas de colores, pinceladas sobre el cielo azul, zigzagueando para romper con su vuelo el silencio del aire. Entonces Canito comenzó a escuchar de nuevo la cadencia de su risa, la dulzura de su voz, la armonía de sus canciones. "Canito, Canito, mi niño bonito".

Dirigió la vista, por última vez, hacia la costa de La Perla. Buscó a lo lejos el edificio pintado de amarillo donde estaba su casa, abrigada por la majestuosidad del Castillo de San Cristóbal: que, erguido, emergía del océano azul que tanto amaba. Inhaló con fuerza y llenó sus pulmones del aire que sabía a mar, que olía a Trina, la Negra, a su regazo oscuro, a sus manos grandes. Se impulsó y galopó cuesta abajo por la explanada verde. Los volantes de colores se mecían con la carrera de sus pies. Llegó hasta el final, donde terminaba el camino y comenzaba el horizonte, y se lanzó al mar en busca de su madre.

Desapareció confundido entre las chiringas, elevado por la brisa, como una cometa multicolor.

Pintar a ciegas

"La finalidad del arte es dar cuerpo
a la esencia secreta de las cosas, no el
copiar su apariencia".

ARISTÓTELES

Sabía que sin ti no volvería a pintar. Antes de conocerte, usaba la vista para copiar las imágenes que plasmaba en mis cuadros, pero tú me enseñaste a pintar a ciegas. Al principio me costó abandonar la costumbre de dejarme llevar solo por lo que veían mis ojos. Con el tiempo, mis otros sentidos se fueron agudizando y pintar se convirtió en un banquete de sensaciones.

—Rebeca, para dibujar sobre la vida, además de verla, tienes que palparla, escucharla, olerla; saborearla hasta la saciedad —me decías con ímpetu—. El sol será más amarillo si dejas que te queme la piel, y la uva será más verde si saboreas el néctar que se derrama por tu boca en cada bocado.

Tú, mi maestro, me llevabas de la mano en cada creación. Cuando terminábamos un cuadro me pedías que te describiese con palabras la pintura que no podías ver. Ese era el único sentido que te faltaba. Te detallaba cada color, cada trazo. Te devolvía la vista perdida con mis palabras; igual que la primera vez que nos bañamos en el mar. ¿Lo recuerdas? Aquella tarde te serví de guía para adentrarnos en el agua.

—Aquí estamos bien —dijiste, deteniendo la marcha cuando el agua nos cubría la mitad del torso.

—Pronto va a anochecer.

—Dibújame con palabras el atardecer; como si fueras a pintar un cuadro —murmuraste acercándote a mi oído.

—El agua está en calma y parece que el sol va a zambullirse en ella. El mar se ve gris oscuro, casi plomizo.

—¿El sol?

—El amarillo ha perdido la intensidad del día. Una sombra color naranja lo rodea y luego se difumina en el cielo perdiéndose entre las nubes grises y blancas. Los últimos destellos se adentran plateados en el océano hasta llegar a la orilla y dividen el agua en dos mitades.

—Ahora, cierra los ojos —susurraste—. No quiero que los abras, solo siente lo que pasa a tu alrededor.

Me concentré. El agua estaba templada, aunque por momentos una corriente fría bajaba la temperatura. Te acercaste a mí y el líquido recuperó su calor al entrar en contacto con tu pecho desnudo. El ruido del agua que salpicaba a mi lado me advirtió que ibas a tocarme con la mano que tenías libre. Tus dedos mojados rozaron mis labios. Abrí la boca para reconocer el sabor salado que depositabas en mi lengua con el dedo pulgar. Tu caricia era suave, tan sutil que se confundía con el agua que derramabas lentamente por mi rostro. Imaginé mi cara pintándose con el tinte oscuro del mar al anochecer. Te aferraste a mi cintura con las manos, hasta que sentí el calor de tu aliento confundirse con la brisa húmeda que me acariciaba el cuello. Un destello anaranjado se apoderó de mí y tus dedos comenzaron a colorearme el cuerpo pintándolo con líneas multicolores. Inhalé profundo, dejé que tu aroma se mezclase con el aire salobre que me poseía.

Entonces te escuché, aunque no dijiste nada.

Esa tarde me adentré en tu mundo, en tu manera de ver la vida; sin saber que cada paso que iba a dar para sumergirme en tu universo me alejaría sin remedio de lo que yo había sido antes de conocerte.

Contigo pinté mis mejores cuadros y me convertí en esclava de tu ceguera. Mientras más pintaba, más ansiaba verlo todo con tus ojos invidentes. Caminaba por la casa a ciegas. En la oscuridad de mis párpados cerrados trataba de recordar el camino a cada habitación. Me golpeaba y caía, pero no podía dejar de deambular en la penumbra. Olfateaba las esquinas como un perro que sigue un rastro: tu rastro. Los ruidos, que antes pasaban desapercibidos, se magnificaban y se aglomeraban en mi cerebro, impidiéndome pensar en otra cosa que no fuese adivinar su procedencia. Necesitaba saber que todo lo que experimentaba me acercaba más a tu oscuridad.

Me exigía más con cada nueva creación, quería sentir la pintura antes de plasmarla. La saboreaba y, luego, la aplicaba con las manos; la olfateaba. Te pedía que hicieras lo mismo, que me acompañaras en el delirio de cada obra. Hasta que el óleo dejó de satisfacerme, entonces quise experimentar otras sensaciones. Abría la nevera y mezclaba alimentos, buscaba texturas, sabores, colores nuevos. Cortaba pedazos de fruta y los amasaba contra tu cuerpo desnudo, luego los frotaba contra la tela. Nada se escapaba a mi deseo irrefrenable de llegar al éxtasis, una y otra vez.

24

Tú me acompañabas siempre, hasta el día en que el cristal afilado de un vaso roto se clavó en mi mano y me llevó a pintar con sangre. No puedo decir si fue el olor, el sabor o la textura del líquido caliente lo que me hizo correr a frotar la mano herida contra el lienzo. El trozo de vidrio, hendido en mi carne, se fragmentaba dentro de mí mientras apretaba los dedos contra la tela y me producía un placer desconocido hasta ese momento.

No quisiste compartir esa pintura conmigo. Me pediste que no volviese a hacerlo, pero no pude parar. Necesitaba sentir el dolor para teñir de rojo mis lienzos. Te dabas cuenta, olías el plasma y amenazabas con dejarme.

—¡Te estás volviendo loca! Si vuelves a hacerlo, me voy.

Obedecí durante un tiempo. Eras el guía que me conducía por la oscuridad de mis creaciones; pero la necesidad de destruirme era mucho más fuerte. Estaba perdida entre dos placeres.

La noche que recogiste tus cosas y dijiste que me dejabas, sabía que no darías marcha atrás, comprendí que con tu partida se acababa mi obra. No me quedaba mucho tiempo para hacer mi último cuadro. Corrí hasta la cocina y tomé un cuchillo, no recuerdo de qué tamaño, regresé a buscarte. Caminabas con tu maleta hacia la puerta de salida. Escuchaste mi respiración agitada, el ritmo de mis pasos apresurados, te volteaste hacia mí. No te dio tiempo de nada; yo tampoco hubiese querido demorarme, te amaba demasiado para verte sufrir. El golpe en el cuello fue rápido y certero. La sangre manaba a borbotones mientras caías herido de muerte sobre la alfombra.

Me senté a tu lado, cerré los ojos para dejarte ir. Tomé las manos, aún calientes, y las traje hacia mi rostro para sentirlas. Me concentré en el silbido débil de tu respiración, hasta que todo se convirtió en silencio. Me acerqué más para inhalar tu aroma mezclado con el olor a sangre. Después me incorporé a ciegas y caminé hasta el caballete que sostenía el lienzo. Froté las manos despacio sobre la tela, disfrutando de su textura.

***

Es tarde. La quietud de la noche me perturba, se cuela por mis oídos para distraerme, para alejarme del lienzo que permanece incólume, con los mismos trazos rojos que dibujé con tu sangre hace un día, cuatro horas y no sé cuántos segundos.

---

* Segundo Lugar *ex aequo* Certamen de Narrativa Corta de la Universidad de Puerto Rico, Mayagüez, Puerto Rico 2011.

Cuatro segundos

Hola, Alfonso, o simplemente, hola. Cómo llamarte, cómo dirigirme a ti, si nunca te he tenido frente a mí. Te tomo las manos y miro tus ojos buscando que me reconozcas, pero tienes la mirada ausente. Aunque no sepas quién soy, agradeces mi gesto y esbozas una sonrisa. Te había imaginado tanto, papá.

***

Tardé varios días en contestar aquel mensaje que recibí a través de Facebook y que cambió mi vida. La esposa de mi padre me buscaba para que viajara a conocerlo porque estaba muy enfermo. Me sentía confundida por aquel pedido que llegaba tan a destiempo a mi vida, al menos, así pensaba en ese momento. Sin consultarlo con nadie, decidí usar las dos semanas de vacaciones de la universidad que se acercaban y compré los billetes que me llevarían a Sevilla. Desde pequeña había visitado varias veces la ciudad con mi madre, en época de vacaciones, pero ella nunca me había dicho que mi padre viviese allí. En realidad, mamá nunca hablaba de él. Por eso no tenía recuerdos de mi progenitor, solo una foto que saqué a escondidas de un álbum que ella guardaba en un cajón del armario. La verdad es que hasta que no llegué al colegio no tuve la necesidad de saber dónde estaba o quién era. En casa todo giraba en torno a mi madre y para mí, era lo más natural del mundo vivir sólo con ella, pero cuando empecé a visitar las casas de mis amigas comenzaron mis carencias. A partir de entonces fueron surgiendo las preguntas, primero en mi cabeza y después, hacía mamá. Ella siempre trató de responderme con naturalidad dejándome saber que, a pesar de quedarse sola, cuando supo que estaba embarazada, decidió tenerme y por eso, llevaba solamente el apellido de su familia. No fue hasta años después, cuando cumplí la mayoría de edad, que me habló concretamente de mi padre. Me explicó que lo había conocido mientras estudiaba medicina en España, habían tenido una relación breve y quedó embarazada faltando pocos meses para graduarse de médico. Me contó que Alfonso Ramos, así se llama mi padre, no quiso compartir la responsabilidad y ella, regresó a Puerto Rico con un título de doctora y una barriga de cuatro meses.

Las largas horas de vuelo del trayecto (San Juan-Madrid, Madrid-Sevilla) las pasé tratando de imaginar cómo habría sido mi vida con un padre al lado. No es que lo extrañara, pienso que no se extraña lo que no se conoce, pero reconozco que, muchas veces, sentí que me faltaba algo.

Llegué a la terminal de Sevilla y allí estaba Laura, la esposa de papá; la reconocí por las fotos de Facebook. Me dio dos besos, uno en cada mejilla:

—Noelia, hija, gracias por venir.

Tenía ese acento peculiar que tienen los andaluces, tan parecido y, a la vez, tan diferente al de nosotros los puertorriqueños. Hablamos poco en el coche; como le dicen en España, yo estaba cansada y algo nerviosa.

Debió notarlo porque varias veces me vio comiéndome las uñas mientras conducía a mi lado. Dijo que iríamos primero a la casa para que pudiera descansar. Mi padre estaba recluido en un centro de cuido para envejecientes y las visitas no estaban permitidas hasta por la tarde.

El coche cruzó el Puente de Triana para llegar a la plaza del Altozano, entrada principal al típico barrio de Triana, doblamos a la izquierda, un poco más adelante, en la calle Betis, se detuvo.

—Ya llegamos —dijo apagando el auto.

Entramos a un edificio que estaba pintado de amarillo oscuro. Subimos en el ascensor al tercer piso y entramos al apartamento de la derecha. Tan pronto cruzamos el pasillo vi el río Guadalquivir a través del gran ventanal que presidía el salón. La vista del casco de Sevilla, al otro lado del puente, era simplemente espectacular. Laura notó mi asombro y abrió la puerta para que saliese al balcón que daba hacía la calle, permanecí un rato contemplando el paisaje y disfrutando del olor a naranjos.

Más tarde, nos sentamos a la mesa para comer.

—Espero que te guste, el jamón andaluz no tiene desperdicio. A tu padre le encanta y este es su queso favorito.

Noté un tono de nostalgia en sus palabras, sabía que quería hablarme de él.

—¿Llevan mucho tiempo juntos?

—Dieciocho años. Ha estado enfermo los últimos tres.

—¿Qué tiene?

—Alzhéimer. Hace varios meses que no conoce a nadie. Los médicos dicen que la enfermedad va demasiado rápido, cada día está más débil. Tardé demasiado en encontrarte.

No esperaba esa respuesta. Yo había llegado allí para recuperar una parte de mis recuerdos; la mitad de mi identidad. En el avión me preguntaba cómo iba a llamarle, Alfonso, papá... Sin embargo, ahora daba igual, éramos dos desconocidos y seguiríamos siéndolo hasta el final.

—Vamos a verlo —logré decir.

Recorrimos en silencio el camino hacia la residencia. Un mes antes aceptaba la posibilidad de nunca llegar a conocer a mi padre; ahora me negaba a creer que se nos estuviese acabando el tiempo. Llegamos a un edificio de cuatro pisos en las afueras de Sevilla. Estaba pintado de blanco y, en la entrada, una fuente rodeada de trinitarias violetas le daba un aspecto acogedor. Laura saludó a varios de los empleados con los que nos íbamos cruzando en los pasillos. A medida que nos acercábamos a nuestro destino, más se intensificaba el cosquilleo en mi estómago.

Llegamos al cuarto de papá. Abrimos la puerta de la habitación y lo vi por primera vez. Estaba sentado en una silla de ruedas de espaldas a la entrada, con la cabeza ladeada hacía la izquierda. Pensé que estaba dormido, pero al acercarnos comprendí que apenas se sostenía. Una enfermera terminaba de recoger la cama.

—Alfonso, te traigo una sorpresa —dijo Laura.

Él subió un poco la cara, nos miró y esbozó una sonrisa.

—Es Noelia, ¿te acuerdas? Me habías pedido que la encontrase y aquí te la traigo.

No hubo respuesta, solo un leve gesto con las cejas. Tras un largo silencio nos dijo:

—Hace calor hoy. No sé si mamá me dejará salir a la calle.

No sabía cómo comportarme, qué decir o qué hacer. Estuve un rato callada, mirándolo, esperando alguna reacción de su parte, pero parecía como si no estuviésemos allí.

—¿Se le puede pasear? —pregunté finalmente a la enfermera.

—Si él quiere puede llevarlo un rato al patio.

—¿Lo llevo a la calle? —le pregunté.

—A ver a mi Esperanza de Triana, llévame a verla —respondió casi inmediatamente.

Laura se quedó en la habitación mientras yo empujaba su silla hasta el patio. No fue una tarea difícil, estaba extremadamente delgado. Lo acomodé debajo de un naranjo y me senté junto a él en un banco de madera que estaba al lado. Permanecí un largo rato observándolo, recuerdo que me llamó la atención ver que también se comía las uñas. Teníamos algo en común. No se parecía en nada a la foto de cuando era joven, tampoco era como lo había imaginado de mayor; sin embargo, ese hombre de ojos grises, delgado y encorvado, ese sí era mi padre.

—¿Cómo te llamas? —me preguntó.

—Noelia.

—Me gusta tu nombre.

Estuvimos sentados en el patio sin hablar. No sabía qué decirle, tampoco importaba. Cuando lo dejamos solo en la habitación me invadió una tristeza profunda. Esa noche fue la primera vez que lloré por él.

Durante las dos semanas que estuve en Sevilla, no faltó una sola tarde en la que no fuimos a visitarle. Laura y yo nos turnábamos para leerle, aunque a veces pareciese que no nos escuchaba. Si hacía buen tiempo lo llevaba al patio, siempre lo acomodaba debajo del mismo naranjo; el olor me recordaba al aroma que respiré por primera vez desde el balcón de su casa y pensaba que le agradaba. No es que me lo dijera, pero lucía tranquilo cuando nos sentábamos allí.

Las conversaciones con él eran escasas; en su mente nada permanecía vivo por más de varios segundos y repetía constantemente las mismas preguntas. Cada día que le visitaba me saludaba prácticamente igual, como si acabara de conocerme. Los únicos momentos cercanos a la lucidez ocurrían cuando hablaba de su virgen, La Esperanza de Triana.

En nuestras visitas Laura le repetía que yo era su hija, que me había encontrado después de tanto tiempo, pero no lograba que me reconociese. Por mi parte no lo llamaba papá ni trataba de que recordase su paternidad, para él era simplemente Noelia. No teníamos un pasado en común, solo teníamos ese presente trastocado por la enfermedad.

Durante las mañanas, Laura y yo dábamos largos paseos por Sevilla. Desde Triana solo tienes que cruzar a pie cualquiera de los puentes que bordean el barrio para llegar a la otra orilla. Visitamos la Catedral de Sevilla, el Real Alcázar, el parque de María Luisa y el Barrio de Santa Cruz. Fue durante nuestros paseos por la ciudad cuando Laura me contó su vida junto a mi padre. A través de ella pude conocer cómo era antes de enfermarse y cuánto sintió no haber asumido su responsabilidad como padre cuando tuvo la oportunidad. Entre nuestros paseos y las visitas a la clínica fueron pasando los días casi sin darnos cuenta.

La mañana antes de mi viaje de regreso salí sola a visitar a la Esperanza de Triana. Caminé por la calle Pureza, paralela a la calle Betis, hasta llegar a la capilla de Los Marineros. Descorrí el paño que cubre la puerta de entrada a la capilla y la tuve de frente, en el centro del retablo mayor. Sobrecogida por la emoción que me provocó su apariencia, comprendí por qué mi padre conservaba su recuerdo aun en la enfermedad. No sé cuánto tiempo estuve allí rezándole, más que por mí, por él. Antes de salir tomé dos postales con la foto del rostro de la Esperanza que estaban en el estante colgado en el lateral de la puerta. Al lado, en una canasta, deposité las monedas de "la voluntad".

Esa tarde, la última de mi viaje, le llevé una de las postales a papá. Cuando se la entregué, la besó y me pidió que la colocara en la mesa de noche junto a la cama. Ese día lo llevé a dar un paseo hasta nuestro naranjo. Tampoco hablamos mucho ese día. Cuando lo regresé al cuarto, Laura y la enfermera se pusieron a asearlo. Cada vez que lo hacían yo observaba desde la esquina de la habitación, pero esa tarde le pedí a Laura que me dejase hacerlo. Ella se retiró hacia el lado y me dio la toalla que usaba para limpiarlo. Entre la enfermera y yo, fuimos desvistiéndolo por partes; ella manipulaba su cuerpo, levantando un brazo o una pierna para que yo le pasase la toalla húmeda. La piel de mi padre, envejecida y frágil, se deslizaba como una ola sobre sus huesos cuando la rozaba con la toalla. Me pregunté cuánto tiempo más sobreviviría en ese estado. Al terminar, lo vestimos entre las dos y lo acomodamos en la cama. En un movimiento que no duró más de cuatro segundos me agarró la mano y dijo:

—Hija.

—Hola, papá.

Con la misma naturalidad con la que me había reconocido, soltó mi mano y se recostó hacia el lado para dormir.

No me despedí, le di dos besos, como si fuera a verle al día siguiente, para él no tenía importancia, porque en su vida ya no existía el tiempo. Tampoco le dije adiós a Laura cuando me dejó en el aeropuerto, sino un hasta luego.

Llegué a San Juan a media mañana, con el cansancio del vuelo y la nostalgia de haber dejado una parte de mí al abordar el avión que me había traído hasta casa. Durante el vuelo pensé mucho en las horas vividas junto a él. Con una mezcla de alegría y de tristeza difícil de describir, agradecí al universo y al Dios de mi padre por esos ratos juntos que robamos a la enfermedad del olvido. Mientras esperaba en la fila para tomar un taxi, vi a un niño correr hacia los brazos de un hombre joven que salía por la puerta de la terminal. "Papi, papi", le decía mientras se aferraba a su cuello. En ese momento cerré los ojos para ver el rostro de mi padre y pensé, que algunos tienen más tiempo; otros, tenemos solo cuatro segundos.

Las tres caídas

Rafael Pérez García era un hombre trabajador que nunca había tenido problemas con nadie, más allá de una pelea en el colegio, o el clásico pique de coche a coche en una tarde de tráfico. Pero se cruzó Zara en su vida y todo se fue al traste. El día que la conoció en el Mirador de San Nicolás en Granada, quedó prendado del amarillo de sus ojos y del contorno, casi perfecto, de sus caderas. Allí, frente a la Alhambra, al son de las guitarras y los cantes flamencos, se plantó a su lado y, sin conocerla, le juró que un día se iba a casar con ella. Tras varios meses de conquista, de idas y venidas entre Granada y Sevilla, Rafael cumplió su juramento y, tras pasar por el altar, se la llevó a la casa matrimonial en la calle Segura de la capital hispalense.

Al principio todo era felicidad en casa de los recién casados, pero, poco a poco, Rafael fue dándose cuenta de que conocía poco a Zara. Su morita, como le llamaba cuando estaban en la intimidad, atendía poco las labores de la casa y, cada vez, se ausentaba más del hogar. Él le pedía cuentas cuando salía de trabajar y llegaba a casa para encontrarla vacía, pero ella, en lugar de contestarle con palabras, se lo llevaba a la cama y silenciaba todas sus preguntas con maniobras amatorias que le dejaban el cuerpo satisfecho, pero el corazón angustiado. Rafael empezó a desvelarse por las noches, a cavilar sobre el pasado de Zara que nunca había querido conocer y a preguntarse, dónde había aprendido todas las cosas que le hacía en el lecho. Consumido por los celos y una angustia que apenas lo dejaba vivir, Rafael empezó a dudar de todo y de todos. Rebuscaba por los cajones cuando ella salía, olía la ropa que dejaba tendida sobre la silla cuando llegaba de la calle y se metía a bañar; le auscultaba el cuerpo desnudo cuando hacían el amor y, después, cuando la veía dormida plácidamente a su lado, arrepentido de sus dudas, la miraba con la misma ilusión de la tarde en la que la había visto por primera vez.

En ese remolino de emociones vivía Rafael cuando su mujer lo sentó una mañana en el sofá para decirle que estaba embarazada. Él dudó, una vez más, con una angustia que le oprimía el pecho y amenazaba con desbordársele a bocajarro por la boca. ¿Y si el hijo no era de él? ¿Sería posible, o no? Solo ella sabía. Nunca le había encontrado nada entre la ropa, en los cajones, ningún rastro de otro hombre, sin embargo, dudaba.

Zara era una mujer dotada de una hermosura extraordinaria y el embarazo la embelleció aún más. Se le contornearon las caderas y el busto, que tanto adoraba su marido, se le levantó como en ofrenda bendita para él: que dejó de comer, apenas dormía y solo salía de casa para ir a trabajar. El resto del tiempo estaba en la cama haciéndole el amor a su mujer. El encierro duró ocho meses y medio, hasta que el niño nació. Ese día Rafael estuvo seguro de que la criatura de pelusa rubia y ojos verdes no era suya. No se parecía a él ni a nadie de su familia: casi todos pelinegros y de ojos oscuros. Aunque Rafael tenía el pelo algo más claro, no había nada de él en aquella criatura que ella tenía pegada en el pecho. Rafael sintió deseos de matar a su mujer allí mismo, en el hospital, y sin medir consecuencias la insultó, la abofeteó y después, mirando al niño, lo maldijo.

Iracundo, salió de la clínica hacia su casa. Era Jueves Santo y apenas se podía caminar por Sevilla. Agobiado por las dudas y por el gentío, empezó a ver la cara del amante de Zara en todos los rostros, en todos los ojos que lo miraban acusatorios. "¿Y si es tuyo, Rafael?", se preguntaba. "Puede haber heredado los ojos de algún familiar lejano y la pelusilla rubia más tarde cambiará de color", se decía, tratando de convencerse. Apresado entre la multitud, cada vez que tenía que detenerse para dejar el paso a una procesión, miraba a su alrededor buscando una respuesta, algún milagro que bajara del cielo para devolverle la tranquilidad.

Llegó a casa y se sentó en la cama a llorar, no lloraba así desde que era un niño, después de enterrar a la abuela. Cuando logró recuperar el aire, se dejó caer en el colchón y cerró los ojos para no ver, para no sentir. Buscó explicaciones coherentes para las ausencias de su mujer, para los ojos del niño que había dejado atrás con su madre y sintió vergüenza de sus dudas, de su falta de fe. Miró hacia la mesita de noche y se fijó en la foto de boda que Zara tenía en su lado de la cama. Se veían tan felices ese día y lo habrían sido durante los tres años que llevaban casados, si la maldita duda no se hubiese instalado en su mente y en su vida. Inhaló con fuerza y, por primera vez en muchos días, se quedó profundamente dormido.

Cuando despertó eran casi las ocho de la noche. Sintió hambre y decidió bajar a comprar algo de cenar en el bar del lado. En la escalera se topó con un vecino al que no había visto antes. Iba vestido de nazareno, con el capirote violeta en la mano. Subieron juntos al ascensor y quedaron de frente. Se saludaron con un cordial buenas noches, mientras Rafael meditaba sobre lo irracional de su comportamiento, hasta que el nazareno le preguntó por su esposa, por Zara, y si ya había dado a luz. Rafael lo miró de frente, le clavó la mirada en las pupilas verdes que lo auscultaban desde el otro lado del ascensor. Tenía el pelo rubio como el de la criatura recién nacida.

Irascible, incapaz de controlarse más, agarró al nazareno por el cuello y apretó con la fuerza de toda la ira contenida. Las dudas, las noches de desvelo, las caderas de Zara, el calor de su cuerpo, todos los pensamientos invadiéndole la mente a tropel. Apretó sin piedad hasta que sintió el cuerpo del nazareno vencido entre sus manos. Entonces lo soltó y se dejó caer con él al suelo del ascensor. Tras varios minutos, en los que, por suerte, no llegó nadie, apretó el botón para subir de nuevo. Agarró el capirote violeta que se había caído en el forcejeo y arrastró el cadáver hasta su casa. Cerró la puerta tras de sí y miró el cuerpo sin vida tendido sobre la alfombra del salón: los ojos verdes abiertos, la mirada de terror, la agonía de la muerte trazada en el rostro. Rafael, avergonzado, se llevó las manos a la cara y aulló como un perro herido. Y si ese hombre era inocente, y si todo era producto de su imaginación, de sus malditos celos. Había abofeteado a su mujer, maldecido a su hijo y matado a un hombre. Estaba condenado, para siempre, un Jueves Santo. Se arrodilló junto al cadáver, pidió perdón y miró al cielo. Convencido de sus culpas, decidió que iba a entregarse,

pero antes tenía que purgar sus pecados. Se puso manos a la obra, despojó al nazareno de su ropa y se la puso. Por último, agarró el capirote y salió vestido de su casa hacia Triana.

En el camino se fue topando con otros nazarenos, algunos con la misma vestimenta que él y otros, de otras hermandades, con túnicas y capirotes de colores diferentes. El público, arremolinado ya en la esquina de la calle Reyes Católicos, le cedía el paso, con respeto y devoción, mientras Rafael pensaba en el hombre que había dejado muerto en el salón. Un rato después, tras colarse en el punto de encuentro con los demás penitentes, iba en la procesión, con la túnica de terciopelo morado, el rostro cubierto y descalzo. Junto a él más de mil nazarenos, en fila, cada uno cargando su cirio y purgando sus pecados o cumpliendo sus promesas. Detrás de todos ellos, a lo lejos, asomadas entre capirotes, las plumas del casco del soldado romano anunciando la llegada del Cristo de las Tres Caídas, acompañado su paso por la música de las cornetas y los tambores.

Así pasó Rafael la noche más larga, la noche de la Madrugá sevillana, con el rostro escondido y cubierto en lágrimas. Andando entre el tumulto, al paso de las chicotás y cubierto por aromas de incienso y naranjo amargo. Horas después, cuando entró en la Catedral de Sevilla, en la carrera oficial, le sangraban los pies y sentía que se le partía la espalda de dolor. Hacía mucho que no entraba, desde que era un niño y su madre lo llevaba a rezar las tardes de domingo. Cuánto hubiese dado Rafael en ese momento por dar marcha atrás. Sobrecogido por la emoción sintió la presencia de Dios y se arrodilló para recorrer el paso interior de la Catedral hincado ante el Altísimo. Así cruzó por la Puerta de Palos, implorando misericordia y con la túnica impregnada por el olor del hombre que había asesinado. Justo antes de salir se incorporó, elevó la mirada y clamó al cielo. Al día siguiente, se entregó a la policía mientras Zara y el niño se recuperaban en el hospital.

La abuela paterna llegó a Sevilla varios días después desde el pueblo donde había ido a pasar la Semana Santa. Primero fue a conocer a su nieto, luego, fue a ver a Rafael a la penitenciaria. Cuando salió de ver a su hijo, arrepentida, pensó que debió haberle dicho antes que lo habían adoptado cuando era un bebé y que su madre biológica tenía antepasados en Alemania, pero ya era demasiado tarde para eso.

Antes de salir de casa

Antes de salir de casa, Siba se acerca a Layla para acomodarle el hiyab, asegurándose de que le cubra correctamente la hermosa cabellera negra que debe esconder debajo de la tela. Ella ya tiene el suyo puesto, nunca ha salido de Teherán y está acostumbrada a seguir las reglas. Layla protesta, como siempre, pues nunca lo llevó durante los años en que fue estudiante en el extranjero. Antes de abrir la puerta, en el pasillo sin ventanas, Layla agarra a Siba por la camisola larga, la trae hasta sí y la besa en los labios. Quisiera llevársela de Teherán para amarla en libertad, pero Siba no quiere, no mientras su madre siga tan enferma.

Van de camino al mercado, lado a lado, sin apenas mirarse. Cada vez hay más integrantes de la Policía de la Moral patrullando las calles. Aunque van camuflajeadas con la ropa que exige el estado, el amor que se profesan las compromete. A punto de llegar a su destino, se topan con un grupo de mujeres protestando a gritos: "…libertad, muerte al dictador, mujeres sin hiyab obligatorio…". Son muchas, descubiertas, con gotas de sudor caminándoles por el rostro. Agitan con vehemencia los pañuelos para luego quemarlos.

Layla las mira con orgullo. Recuerda las protestas en las que participó cuando era estudiante fuera de Teherán. Siba reconoce el brillo en los ojos de Layla, sabe de lo que es capaz y la agarra por el brazo; trata de retenerla, pero Layla está fuera de sí. Corre para unirse al grupo, se quita el pañuelo, lo agita y grita con fuerza junto a las demás.

Paralizada, Siba, ve llegar a la policía, escucha disparos y ve el tumulto de manifestantes correr hacia todos lados. Pierde de vista a Layla, trata de encontrarla con la mirada, pero el humo de los gases lacrimógenos lo cubre todo. Se agacha detrás de un árbol y se cubre la cara con el hiyab. Le arden los ojos, le duele el pecho y la tos apenas la deja respirar. No sabe cuánto tiempo pasa hasta que logra levantarse. Hay decenas de mujeres tendidas en el suelo malheridas. Escucha los quejidos, quisiera detenerse a ayudarlas, pero solo piensa en Layla. Camina sin rumbo hasta que por fin la ve, tirada sobre la acera, boca arriba, con los ojos cerrados y la mitad de la cara cubierta de sangre. Se arrodilla junto a ella y trata de despertarla, pero Layla no reacciona. Recuesta la cabeza sobre su pecho, no siente los latidos ni la escucha respirar. Le toma las manos inertes, llorando las besa.

Con el rabo del ojo ve que por detrás se le acercan corriendo, un pantalón de hombre y una falda larga de mujer. Reconoce los botines de un policía y la falda negra de las mujeres que patrullan las calles penalizando a otras mujeres que no siguen las reglas de 'su moral'. Siba, asida de Layla con una mano, duda durante un ínfimo segundo si soltarla y echar a correr, pero lleva tantos años sintiendo miedo y represión, que vuelve a posar los ojos sobre los párpados cerrados de la mujer que ama. En un impulso la agarra con más fuerza, mientras se quita el hiyab con la mano que le queda libre.

No sabe cuántos segundos pasan antes de sentir la primera patada en la espalda. Se arquea de dolor, pero no suelta la mano amada. Otro golpe en la cabeza la tumba sobre el cuerpo inerte de Layla y un zumbido en el oído la deja imposibilitada de reconocer las palabras que escucha, cercanas, pero distantes. Continúan los golpes, uno tras otro, los gritos y las patadas, hasta que siente el impacto de una bota de hombre sobre las manos asidas. Siba resiste con las pocas fuerzas que le quedan y se aferra, ahora con el cuerpo también, a Layla. Un certero golpe final en la cabeza la tiende sobre la mujer amada que yace bajo su pecho. Emite un último gemido y la paz, hasta ahora desconocida, la envuelve.

Dos días después despierta en la cama de un hospital. Tiene la cabeza vendada y el brazo conectado a un gotero de suero. Desorientada, mira a su alrededor, trata de incorporarse, pero no puede. Poco a poco recuerda, el pasillo, el último beso de Layla, el tumulto, los golpes… vencida se deja caer sobre la almohada y siente una punzada en las costillas. Llora en silencio mientras la vida continúa al otro lado de la ventana.

Cuando llegan sus padres a la habitación es casi medio día, los oye prepararse para rezar. Finge estar dormida, mientras planifica que tan pronto salga del hospital piensa continuar con la lucha, con o sin el hiyab. La tela es lo que menos le importa; el miedo, tampoco.

El sacrificio de Anam

"La pasión para el hombre es un torrente; para la mujer, un abismo".

CONCEPCIÓN ARENAL

El río Amazonas se había llevado a los indios de la tribu con un impetuoso golpe de agua hacía seis eclipses. La riada nefasta dejó a los pies de la aldea una estatua dorada que los dioses habían convertido en un hombre de carne sin espíritu. Cuando las ancianas se acercaron a la canoa en la que yacía dormido, un magnífico pájaro azul salió de su regazo, batió las alas y se deslizó hasta posarse en una de las ramas del árbol que cobijaba a Anam. Las demás mujeres observaron la señal y, con la misma naturalidad con la que se recibe el sol cada mañana, comprendieron que ese era el elegido que la diosa Madre había designado para el sacrificio de Anam.

La joven se quedó mirando cómo las mujeres de la tribu lo despertaban con cánticos que ella nunca había escuchado. El hombre sin espíritu abrió los ojos y levantó el torso apoyando las manos en el borde de la canoa para salir. Lentamente pisó la tierra húmeda que se tendía bajo sus pies como una alfombra pintada en una gama infinita de verdes y marrones, comenzó a andar. Cuando pasó frente a ella, detrás de la procesión de mujeres que se adentraba en la selva amazónica, lo hizo absorto en la cadencia de las voces que le precedían. A Anam, quien jamás había visto a un hombre medio desnudo, se le estremecieron las entrañas y no pudo hacer otra cosa que apoyarse en el tronco que la sostenía.

Tras aquella aparición, las ancianas separaron a Anam del resto de la tribu y comenzaron a prepararla para el ritual. Su madre le explicó que había llegado la hora de despertar la pasión del hombre sin espíritu para hacer germinar la semilla en su vientre; que en diez lunas nacería una niña que habría de convertirse en la nueva sacerdotisa y que, ese día, el río Amazonas regresaría a todos los hombres de la aldea. Por último, le advirtió que su condición de madre de la nueva sacerdotisa le permitiría conocer la pasión solamente en la noche de la concepción y que, si no respetaba esta regla, conocería la ira de los dioses.

Durante las siguientes cuatro puestas de sol, las ancianas continuaron embadurnándola con aceites aromáticos, la instruyeron en las artes amatorias usando figuras de barro y le dieron té de *catuaba*, para estimular su apetito sexual.

Una noche en la que la luna se mostraba plena, su madre regresó a buscarla.

—Es la hora —dijo con voz firme—. El Gran Pájaro vuela sobre la aldea y el hombre sin espíritu está listo.

Las mujeres desnudaron a la joven, le cubrieron el cuerpo con un polvo hecho de pétalos de flor y le dieron de beber el último té que quedaba en un pequeño recipiente de arcilla. Tras colocarle una túnica blanca, la llevaron a la choza que habían preparado en el centro ceremonial y allí la dejaron sola con el enviado que yacía sobre una hamaca, adormecido por los brebajes de las curanderas.

Anam se sabía dispuesta para el sacrificio, pero dudó al verlo tendido sin voluntad. Se acercó despacio, observando sus facciones. Tenía el rostro alargado, la nariz pronunciada y una marca parecida a una pequeña serpiente le quebraba una de las cejas. Se arrodilló a su lado, bajó la cara y cerró los ojos para olerlo. Su aroma dulce, parecido al cacao, impregnaba el aire de la choza. Anam se apartó un poco para mirarle el cuerpo: una fina línea de vellos rubios, del mismo color de su piel, le bajaba por el pecho y se perdía debajo del paño azul que le cubría. El color de la tela le recordó las alas del Gran Pájaro.

Ella se untó en las manos el aceite de malva que las curanderas habían dejado junto a la hamaca. Pensó en las figuras de barro que moldeaba desde que era pequeña. Recordó las lecciones de las ancianas y comenzó a masajear el cuerpo del hombre, desde la base del cuello, bajando por el pecho desnudo, hasta llegar al borde del paño. Se detuvo en la línea de la pelvis, marcada por los músculos abdominales, y levantó la tela. Anam deslizó las manos por la colina de vellos dorados, evocó en su mente las canciones que sus antepasados dedicaban a los dioses y comenzó a masajearlo al compás de la música que escuchaba en su cabeza. Lo escuchó gemir y notó cómo se mostraba firme bajo sus manos la parte del cuerpo que engendraría la vida en su vientre. La música retumbaba con fuerza, mientras una corriente húmeda manaba de entre sus muslos mojando las rodillas del hombre sin espíritu. Anam apartó las manos, bajó la cabeza para besarle la boca y se perdió en el sabor dulce y salado de su virilidad.

La estatua dorada, ahora convertida en hombre, sucumbió al sueño de placer de la mujer india y se dejó arrastrar por las rutas profanas del sacrificio. La agarró por las caderas, levantó la tela blanca que la cubría y la subió hacia sí.

La música, convertida en tempestad, ascendió por los cielos hasta llegar a los dioses, mientras Anam cabalgaba sobre el placer de la inmolación. Afuera, la luna iluminaba la negrura de la selva amazónica para que la diosa Madre encontrase, en medio de la oscuridad, el camino a la creación.

Al amanecer, cuando el Gran Pájaro sobrevoló el área ceremonial antes de desaparecer en las alturas, las ancianas entraron en el bohío y despertaron a los amantes con la misma canción con la que habían recibido al hombre dorado. Este apartó los brazos, que hasta ese momento rodeaban a Anam, se incorporó desnudo y salió hipnotizado detrás de la música. Las ancianas lo ataron de pies y manos y lo acostaron sobre una cama de hojas junto al altar de piedra en el que colocaban las ofrendas para los dioses. No opuso resistencia, había regresado al letargo del cuerpo que camina sin espíritu.

Anam se quedó sola en la hamaca que todavía conservaba el calor de los cuerpos. Una noche de sacrificio para concebir una hija y toda una vida para adorar a los dioses, era su destino. Dentro de diez lunas tendría una niña y sería la próxima sacerdotisa: la heredera del gran conocimiento.

Agarró la tela azul que descansaba en el borde de la hamaca y se la acercó a la cara. Olía al hombre que en esos momentos regresaba a la materia, quemado sobre un altar. Anam escuchó los tambores repicando en su cabeza y se tocó el vientre: ardía, como la noche anterior. La música retumbaba, cada vez más deprisa. Recordó las caricias de manos grandes y doradas; evocó los dedos largos apretándole la carne y cerró los ojos. "Una noche, una sola noche", pensó. Trató de dominar su instinto, pero no pudo. La imagen dorada se coló por sus sueños y tuvo ganas. Entre tambores lejanos oyó la voz de su madre: "Conocerás la ira de los dioses…". Al compás de la música bajó la mano un poco más y se tocó la carne todavía húmeda. Evocó con caricias propias las manos del hombre dorado y negó su destino. No estaba dispuesta al sacrificio, acalló con determinación la voz de su madre y se entregó al placer.

Un calor intenso, que emanaba de sus entrañas, se le enroscó como una serpiente en el cuerpo, hasta que la prendió en llamas. Poco a poco el fuego la consumió, al compás de la música, hasta que desapareció como otra ofrenda para los dioses. Tragada por la selva amazónica, convertida en cenizas doradas sobre un paño azul.

Nessun dorma

A Paolo se le presentaban iguales todos los días, sin matices ni sobresaltos. Cada amanecer salía de su casa hacia el mercado de Cefalú donde esperaba a que llegasen los pescadores con la mercancía. La rutina era siempre la misma: Paolo seleccionaba, pagaba y luego acomodaba los pescados en filas asimétricas sobre los cajones de madera cubiertos con hielo triturado. Después, para que no se notase su cojera, apoyaba la pierna más corta en el pequeño taburete que escondía detrás del mostrador y esperaba pacientemente la llegada de los clientes.

Atendía su puesto con esmero, despachando el pescado a clientes de toda la vida y a los turistas que cada verano llenaban Cefalú. Cuando la plaza del mercado se vaciaba de compradores, Paolo recogía las sobras y las echaba en un cajón plástico que después se colocaba sobre el hombro para bajar la cuesta hacia la bahía. La cojera, acentuada por el trabajo del día, marcaba su paso lento y desigual hasta que llegaba al puerto. Allí paraba cada tarde, antes de regresar a casa, para tirar al mar las sobras del pescado. Se sentaba en las tablas del muelle para ver cómo los peces hambrientos salían a la superficie y se aglutinaban alrededor de la comida. Cuando se acababan las sobras y los peces desaparecían, Paolo se quedaba a mirar cómo los últimos rayos del sol dibujaban figuras sobre el agua con el vaivén de las olas.

56

Caída la noche caminaba en silencio por la calle angosta que subía hasta el pequeño apartamento que su madre le había dejado como herencia. Paolo no tenía familia. Su padre, un turista romano que pasó unas vacaciones en la isla, nunca supo de su existencia. Su madre, una inmigrante griega, se acostó una noche de invierno y se murió sin avisarle. De ella había heredado su pasión por la música, una vieja vitrola y varios discos de ópera que alternaba por las noches, mientras hacía pájaros de origami. Paolo los hacía de diferentes tamaños y colores, con una agilidad sorprendente y luego, los colocaba de adorno sobre la pequeña mesa del comedor. Al día siguiente los rompía y tiraba los pedazos de papel en una bolsa que tenía junto a la cama. Cuando la bolsa se llenaba, pasados los días, Paolo la recogía y, de camino hacia el mercado, la echaba en el contenedor de desperdicios frente a su casa. Cada saco de papel multicolor era su propia medida del transcurso del tiempo, de una vida solitaria en la que cada día era igual al anterior.

Una mañana de verano, recién cumplidos los veinte años, Paolo la vio acercarse a su puesto e inmediatamente supo que era turista. Le pareció que aquella chica pecosa de ojos grises podía ser su propia princesa de Turandot.

—Buenos días, ¿qué pescado quiere? Todos son frescos —comentó escondiendo la pierna coja detrás del mostrador y apoyándose con fuerza sobre la base de madera para no tambalearse.

Ella lo miró y gesticulando con las manos le dejó saber que no podía escucharlo, después señaló a una de las cajas y levantó la mano para indicarle, con un gesto, que quería cuatro pescados. Paolo envolvió la compra y se la entregó, mientras ella sacaba unos billetes del monedero para luego mover los dedos en señal de pregunta. Él balbuceó despacio la cantidad para que la joven volviese a leerle las palabras. Cuando ella se marchó, Paolo la siguió con la mirada hasta verla desaparecer entre el tumulto.

Esa tarde, Paolo echó las sobras en la basura del mercado y se fue directo a casa. Abrió las ventanas, sacó la vitrola y escuchó, una y otra vez, la obra de Puccini:

¡Nadie duerma! ¡Nadie duerma! Tampoco tú, oh princesa, en tu fría habitación mira las estrellas, que tiemblan de amor y de esperanza...

Mientras escuchaba la música hizo varios pájaros de origami y los colocó, como cada noche, sobre la pequeña mesa del comedor. A la mañana siguiente pensó tirarlos a la basura, como era su costumbre, pero tuvo el presentimiento de que no iba a ser un día cualquiera y los dejó sobre la mesa, tal y como los había colocado la noche anterior.

Esperó impaciente en el puesto del mercado, hasta que la vio regresar. Después de ese día, las visitas de la joven se repitieron casi a diario. Cuando Paolo la veía llegar, se enderezaba cuanto podía y se anclaba en su taburete. Ella se comunicaba con gestos y él le respondía con susurros. En una de esas visitas la joven le entregó un trozo de papel con su nombre: Fiorella. A Paolo le pareció que flor pequeña era un nombre perfecto para ella.

Una tarde, entrado el estío, Paolo se la encontró de frente mientras bajaba la cuesta con el cajón de sobras encima del hombro. Al verla se detuvo y se enderezó, trató de balancearse, haciendo puntillas con el pie cojo, pero

58

el cajón se le cayó con la brusquedad del movimiento. Cabizbajo, trató de enderezarse nuevamente, mas su cuerpo se torció y quedó inclinado hacia el lado izquierdo. Fiorella le miró la pierna durante unos instantes, luego se le acercó y se detuvo frente a él. Paolo se quedó inmóvil mientras ella le acariciaba la cara. Después, Fiorella se agachó para recoger el cajón del suelo y, con una sonrisa, extendiendo los brazos, se lo devolvió. Paolo se cargó el cajón al hombro y le tendió a Fiorella la mano que tenía libre. Asidos, en silencio, y a paso desigual, bajaron juntos hasta el muelle para alimentar a los peces y adivinar figuras grises entre las olas. Esa noche Paolo hizo un solo pájaro de origami y una pequeña flor de papel y las colocó juntas sobre la mesa de noche, al lado de la única foto que guardaba de su madre.

Fiorella y Paolo pasaron el resto del verano encontrándose cuando cerraba el mercado. Agarrados de mano, bajaban la cuesta y se sentaban en el muelle del puerto. Se contaban cosas con pedazos de papel y gestos, lejos de las carencias de cada cual. Paolo le regalaba pájaros y pequeñas flores de origami y ella, le enseñaba palabras en lenguaje de señas.

Cuando llegaron los últimos días de estío, la tarde antes de que Fiorella tuviese que regresar a Roma con su familia, Paolo la llevó a su pequeño apartamento. Abrió la ventana para que entrase la brisa del mar Tirreno y al compás de la música de Puccini, hicieron el amor por primera vez.

¡Pero mi misterio está encerrado en mí,
mi nombre nadie sabrá!
No, no, en tu boca lo diré, cuando la luz brille.
Y mi beso derretirá el silencio que te hace mía.

Sobre la vieja cama de madera no hicieron falta las palabras ni los taburetes. Paolo le cubrió los labios con besos torpes y urgentes, mientras Fiorella le entregaba sus silencios de manos trémulas y pálidas. Se amaron hasta el amanecer, cuando rendidos y silentes los descubrió un sol curioso, infiltrado por la única ventana de la habitación.

A media mañana, Fiorella se despidió con un beso y se marchó.

Paolo se asomó por la ventana para verla alejarse por última vez y pensó que debió, al menos, haberle pedido una dirección. Cuando la perdió de vista se quedó un rato mirando el mar que le era tan conocido. Tan compañero de vida como la silla que en ese momento le sostenía la pierna coja. Tras un rato, que pudo haber sido un día o una semana de su vida sin tiempo, se alejó del alféizar y cerró la ventana. Después se acercó hasta la vieja vitrola y puso el disco de Turandot:

Su nombre nadie sabrá y nosotros deberemos
¡Ay! morir, morir.
Disípate, noche. Ocultaos estrellas.
Al alba venceré ¡Venceré, venceré!

Mientras escuchaba la música, rompió, uno a uno, los pájaros de origami y las flores que estaban sin tocar sobre la mesa desde el primer día en el que conoció a Fiorella. Echó todos los pedazos dentro de la bolsa de basura que estaba junto a la cama y salió de su casa hacia el mercado de Cefalú.

Nicoletta, la Bella

"Acabó de decirlo, cuando Fernanda
sintió que un delicado viento de luz le
arrancó las sábanas de las manos y las
desplegó en toda su amplitud".

GABRIEL GARCÍA MÁRQUEZ

A Nicoletta le gustaba vestirse con faldas de flores
multicolores hasta los tobillos y abrigos de franela.
Llevaba siempre un sombrero pequeño de color violeta,
que hacía juego con un bolso grande de tela en el que
imaginaba que escondía figuras de miniatura y hojas
secas. Su pelo rojo y su nariz aguileña delineaban un
rostro alargado, de grandes pómulos y ojos almendrados.

Una foto suya me acompañaba en la memoria
del celular desde que la elegí para ser la protagonista
de uno de mis cuentos. Nicoletta creía en la felicidad
con mayúsculas, en todas sus formas y expresiones, y
la buscaba en todas partes con una férrea voluntad. Le
inventé pretendientes, ciudades maravillosas y animales
alados, pero nada fue suficiente para ella. Despreció
todos mis esfuerzos para ir a sentarse junto al rostro que
brotaba entre las flores caídas de un roble amarillo.

Cuando le propuse convertirla en el fantasma de la
reina Teodolinda, pensé que tenía el escenario perfecto
para ella en el castillo de Vezio, junto al lago Como. En
mi imaginación la vi claramente paseándose majestuosa
entre las figuras de fantasmas huecos, que adornan los
jardines del castillo, fabricadas con yeso y papel maché.

Desde el principio Nicoletta se resistió a la idea, pero yo continúe hilvanándole la historia que creí perfecta para ella. Mientras escribía, ella desaparecía para regresar horas más tarde: pensativa, con una sonrisa en el rostro y la mirada en ninguna parte. Yo le hablaba de mis progresos con el cuento, de mis avances en la trama y también de mis momentos de duda y frustración. Al principio ella opinaba y cambiaba alguna palabra aquí o allí, pero, día a día, sus ausencias se fueron prolongando y sus respuestas se volvieron cada vez más taciturnas. Dejó de comer y a veces la encontraba dibujando flores amarillas en las libretas de apuntes que me robaba. Me esquivaba la mirada cuando le preguntaba dónde había estado, me dejaba esperando su respuesta, mientras trataba de recomponer mis ideas para volver a reescribirla.

Pasamos meses así, yo tratando de hacerla a mi medida y ella, alejándose de mí. La imaginaba en otros lugares, en otras épocas; perversa, sumisa, en cuerpo presente y a veces fantasmal. Mi obsesión por hacerla perfecta pasó del amor al odio, deteniéndose en la pena, hasta que perdí la esperanza y la inspiración. Nos cruzábamos por la casa y fingíamos no vernos, pegándonos contra las paredes para esquivar el roce. Tanto nos huíamos, que dejé de escribir sobre ella. Por las noches me hacía el dormido y la escuchaba andar de puntillas por la habitación, arrancándole las hojas a mis manuscritos y robándome las letras. Por el día se escapaba con ellas y yo, me quedaba horas muertas en soledad, tratando de llenar las páginas en blanco con otros personajes.

Todo lo que hice para que regresara a mí fue inútil, hasta que un día decidí doblegar mi orgullo y la seguí. Dejé que me llevara a ese lugar donde aparentaba ser más feliz de lo que era conmigo. Ella marcaba el camino con paso seguro, ajena a mis dudas y al palpitar atropellado que me martillaba las sienes y el pecho.

Llegamos a un valle desde el cual se contemplaba, a lo lejos, un lago bordeado de montañas. Pensé que podía ser uno de los valles italianos que le había propuesto a Nicoletta en una de mis historias, y no pude evitar sonreír.

Caminamos un rato más para adentrarnos en un bosque de hayas y robles florecidos, entonces lo vi. A lo lejos, sembrado entre árboles centenarios, el rostro del hombre, barbudo, brotando en un mar de flores amarillas.

Nicoletta corrió hasta él y se sentó a su lado. Se quitó el sombrero violeta y lo posó sobre la alfombra de pétalos dorados. El rostro de hombre que emergía entre las flores amarillas sonrió y ella se acercó, despacio, para besar los labios carnosos. Después se recostó junto a él, y permanecieron mirándose en silencio. Un rayo de sol indiscreto se coló entre las ramas para iluminar las hebras rojas de su cabello, que se esparcían libres entre las flores amarillas.

Desde la distancia, sentado tras un haya, contemplé atónito la imagen, comprendí que mi musa había encontrado el lugar perfecto para escribir su historia. Vencido, la observé con tristeza, tratando de perpetuar su imagen en mi memoria: espléndida, derramada entre matices rojos, amarillos y violetas.

Las flores empezaron a moverse, como si tuvieran vida propia. Entonces, desde la tierra brotó la mano del hombre que antes había sido solamente un rostro y se agarró de Nicoletta. La cama de pétalos se hizo un hueco y comenzó a hundirse, tragándoselos poco a poco. Antes de desaparecer, pareció que me miraba por última vez, sonreída, bella.

Paciencia y Fortaleza

"Como has envejecido, cabrón", se dijo Arturo frente al espejo, mientras se acomodaba las solapas de la chaqueta. Se pasó los dedos entre el pelo para echárselo hacia atrás y luego, sacudió la solitaria mota de polvo que acababa de descubrir, gracias a un rayo de sol tempranero que se colaba por la ventana. A lo lejos, le pareció escuchar el canturreo matutino de su esposa Elvira, que cualquier otro día hubiese pasado desapercibido, pero que en un día como hoy, le parecía más inoportuno que nunca.

Arturo tenía que llegar a primera hora a la biblioteca y debía presentarse vestido de traje para la inauguración. La afamada actriz Vanessa Green, benefactora principal de la sala de lectura más moderna de los Estados Unidos, estaría inaugurando las instalaciones en, exactamente, dos horas y cuarenta y cinco minutos. Si se daba prisa en salir, tendría el tiempo justo de parar en la cafetería para tomarse el café cubano que le recordaba de dónde venía y le levantaba las ganas cada mañana.

—Te ves muy elegante —dijo Elvira antes de besarle en la mejilla—. Ese traje me recuerda a nuestros años mozos, cuando íbamos a bailar a la sala aquella que quedaba en la 36, ¿cómo era que se llamaba?

—*The Latino's Swing*...

—Arturo, hace tanto que no salimos a ninguna parte. Con lo que nos gustaba bailar.

—Elvira, hoy no, por favor, venga, que tengo que llegar temprano a la biblioteca.

—Sí, lo sé, hoy inaugura la sala la actriz esa, la que dices que estudiaba contigo en la *High* y que se hizo famosa en aquel concurso de los ochenta. Total, no veo por qué tanta cosa por una actriz; ni que se tratase de la esposa del presidente.

Arturo pensó en explicarle a su esposa que Vanessa o Tati, como la llamaban en el barrio antes de que fuera famosa, no era cualquier actriz y que aquella nueva sala abría sus puertas en la biblioteca de Nueva York, gracias a su generoso donativo de tres millones de dólares. Pero la miró detenidamente y la vio tan lejana de lo que todavía se atrevía a soñar, que prefirió callar.

***

Vanessa Green se sentó en la silla para amarrarse los tacones y se regaló unos minutos para observar al Parque Central a través de la ventana del hotel. Ahora podía permitirse el lujo de mirarlo desde una de las torres de la Quinta Avenida. Sin embargo, parecía que nunca se había marchado a vivir fuera de Nueva York. Allá abajo el transitar de unos y el correr de otros era igual al de veintitantos años atrás. Las personas eran diferentes, pero la vida del parque continuaba siendo la misma. Tati extrañaba los recorridos que hacía en su juventud para atrechar el camino, de un lado a otro, de la ciudad.

Hoy tenía que asistir a la inauguración en la Biblioteca Pública de Nueva York, y a una reunión con su agente para discutir una propuesta de cine que, de concretarse, prometía ser otro éxito de taquilla. Hoy era un día en el que debía sentirse feliz, sin embargo, la acompañaba un inexplicable sentimiento de tristeza. El timbre de su celular la sacó de sus pensamientos. Era George, su esposo. Esta vez, tras dos matrimonios fallidos, había apostado por un reconocido cirujano plástico. "Tres matrimonios de cine: un actor que te catapultó a la fama, un director de primera, pero alcohólico, y ahora un hombre estable que puede ser tu padre. ¡Bien por ti, Tati!", se dijo, a la misma vez que apretaba con el dedo la imagen verde en su teléfono.

—*Hi, dear* —contestó, mientras recogía el bolso y le hacía señas a su secretaria para que la siguiese.

Podía continuar su conversación de camino a la inauguración.

***

Arturo se bajó del vagón y miró el reloj, aún le quedaba tiempo para el café, pero decidió evitar cualquier improvisto y tomó la salida del *subway* que lo dejaba más cerca de la biblioteca. Se sentía demasiado ansioso, desde la noche anterior, como para permitirse cualquier inconveniente en el camino. Al llegar frente a la escalinata, se detuvo y miró a los dos leones de piedra que custodiaban ambos lados de la entrada. En ese mismo lugar se había despedido de Tati cuando se marchó en busca de ser una gran estrella, dos años antes de enterarse, por una revista, que en una separación provocada por su propio ultimátum, había decidido olvidarlo y casarse.

***

Vanessa se bajó del automóvil y se dirigió hacia la entrada principal de la biblioteca. A medio camino de las escaleras, se detuvo con la excusa de arreglarse el pañuelo que llevaba amarrado en el cuello y giró la cabeza, de lado a lado, para saludar a *Patience* y a *Fortitude*. El recuerdo de Arturo le dibujó la única sonrisa de la mañana, tan a destiempo para ella que provocó el: "¿todo bien?", de su secretaria. Vanessa asintió y continuó la marcha hacia el interior donde la esperaba el director de la biblioteca. Mientras accedía al edificio, volvió a preguntarse cómo hubiese sido su vida si en lugar de tratar de encontrar la felicidad de marido en marido, hubiese regresado a buscar a Arturo cuando se lo había prometido. Quería pensar que Arturo nunca se hubiese casado con otra, aunque estaba consciente de que todo aquello ya no tenía remedio. "Tati, deja de pensar en lo que hubiese sido, tienes la vida que siempre soñaste, ¡carajo!", se dijo acelerando el paso para sacudirse los recuerdos.

—Señora Green, es un placer conocerla finalmente —saludó el director extendiendo la mano tan pronto entraron al edificio. Luego, se dirigió a su secretaria—. Señorita Walker, bienvenida de nuevo. Tengan la bondad de seguirme hasta la nueva sala.

***

Arturo escuchó las voces acercarse y las emociones se le presentaron a tropel. Le palpitaban las sienes, un sudor nervioso le mojaba la camisa debajo de la chaqueta. No quería ver a Vanessa, o Tati, cualquiera que fuese el nombre de turno, pero tenía que cumplir con su condición de jefe de informática del sistema público de la ciudad de Nueva York. No le quedaba otra alternativa que recibir personalmente a la benefactora.

—Señora Green, le presento a nuestro gurú de sistemas: el señor Fuentes —indicó el director tan pronto entró la comitiva a la sala—. Con él está el grupo de trabajo que ha hecho posible que hayamos cumplido con sus expectativas de hacer de esta, la sala de lectura más moderna de Estados Unidos.

Tati levantó la mirada y sintió que le flaqueaban las piernas. "Fuentes, sí, el director ha dicho Fuentes", pensó mientras trataba de reconocerlo, a pesar de las gafas de leer que ahora llevaba y de las canas que le cubrían gran parte del pelo. Arturo era mayor, un poco ojeroso, con la mirada más triste, pero, indudablemente, él. Le pareció increíble encontrarlo, después de tantos años, en el mismo lugar donde se habían despedido por última vez.

Tati sintió el impulso de dejarle saber a Arturo que lo había reconocido, pero se avergonzó de no haber regresado a buscarlo cuando se lo había prometido y haciendo uso de sus dotes de actriz, fingió no conocerlo.

—Encantada —dijo extendiéndole la mano. Arturo le devolvió el saludo, pero Tati notó que la soltó tan pronto se lo permitió la buena educación.

—Fuentes, ¿por qué no le enseña a la señora Green cómo funciona el sistema integrado? —interrumpió el director.

—Me dicen mis colaboradores que han hecho una labor excelente —comentó Tati dirigiéndose al grupo, luego, le habló directamente a Arturo—. Me hubiese gustado venir en persona, antes, para ver el progreso, pero mis compromisos no me lo permitieron.

—Gracias, comprendo que para una actriz tan famosa como usted es difícil encargarse personalmente de cosas como estas, pero sus colaboradores la han representado dignamente. Pierda cuidado, todo ha caminado a la perfección, aún sin contar con su presencia —respondió Arturo poniendo énfasis en la última oración.

Tati hizo un ademán para contestarle, pero Arturo le dio la espalda.

—Sígame, por favor —dijo casi en forma de orden—. Siéntese y póngase los auriculares. La computadora es sensible al tacto, puede escribir directamente en ella o en el teclado. También puede usar el ratón inalámbrico. El sistema de audio está integrado a la computadora y también puede indicar en el micrófono lo que desea buscar.

Tati se sentó en el cubículo, más atenta al perfume de Arturo que a las indicaciones que le daba, cada vez más cerca del hombro. No era la colonia que usaba cuando eran jóvenes y que Tati le regaló más de una vez, era un perfume más intenso, amaderado, y que a ella le pareció que pegaba a la perfección con los mechones grises que le poblaban sin miramientos la cabellera.

—Si le solicita algún lugar o monumento conocido al sistema, este le abrirá una pantalla en el monitor auxiliar que la llevará a ese lugar, en tiempo real, a través del sistema digital de mapas —explicó Arturo señalando al monitor superior.

Tati trató de concentrarse en las explicaciones que recibía, pero su proximidad y el inconfundible aroma de papel viejo de la biblioteca la trasportaron a aquellos años de juventud, cuando eran novios y se robaban besos entre los anaqueles.

Arturo había sido su primer novio y quizás, su único amor. El que la había enseñado a olvidarse de las pobrezas del barrio al son de un viejo danzón, el que siempre la hacía reír, el que le había regalado las únicas caricias con olor a libro de su vida. Tati sintió nostalgia de aquellos días en los que el tiempo se detenía, escondidos entre anaqueles de libros, algunos oliendo a tinta nueva y otros, de antiguos lomos, despidiendo el indescriptible olor a moho de los viejos libros. Con el recuerdo de la última promesa que le había hecho frente a la entrada y tratando de provocar una reacción en Arturo, escribió: "*Patience and Fortitude*".

Él fue leyendo letra a letra la frase de Tati y miró hacia el monitor auxiliar para ver cómo la imagen abría frente a la entrada principal de la biblioteca mostrando los dos leones de piedra a cada lado. En ese momento Arturo, inclinado junto a Tati, revivió la tarde en la que, frente a aquellos dos leones, y antes de despedirse, ella le había prometido regresar y él, esperarla. Movió la cabeza levemente hacia la derecha para mirarla y ella, se tornó hacia su izquierda para fijar los ojos en él. En ese breve espacio de tiempo detenido, en el que nada más importa, volvieron a reconocerse, y la vida se les presentó como nueva, una vez más. Tati deseó no haberse marchado nunca, y Arturo se arrepintió por no saber esperar.

El sonido distante de un teléfono celular y la voz de Marie indicándole a Vanessa que tenía llamada de George les recordó que ninguno de los dos había cumplido su promesa. Entonces, ella bajó la vista y él, levantó el rostro para volver a mirar la pantalla.

Un rato después, durante el almuerzo que siguió a la ceremonia de inauguración, Tati aprovechó un momento en el que lo vio solo, se acercó y le dijo con la voz entrecortada:

—No pensé encontrarte aquí.

—Yo hubiese preferido no tener que verte, pero no me ha quedado de otra.

Tati bajó el rostro como buscando en el suelo las palabras perdidas, se armó de valor y sin levantar la vista dijo:

—Volví a buscarte, pero me dijeron en el barrio que te habías mudado para casarte.

—Tati, ¿o debo llamarte Vanessa? ¡Me casé un año después de enterarme, por una revista, que te habías casado! ¿Cómo es que fue esa jodienda? Refréscame la memoria. ¡Ah, sí! Una boda en Las Vegas con tu compañero de reparto. ¿En serio? Estábamos mal, lo sé, llevábamos semanas sin hablarnos, pero… ¿casarte con otro? ¡Coño, Tati!

—Arturo, me equivoqué, tú y yo lo habíamos dejado, me presionaste para que regresara y yo no quería volver al barrio. Hubiese sido un fracaso. ¡Tú y tu maldito ultimátum!

—¿Mi ultimátum? ¿Y qué se supone que hiciera, dejarlo todo para seguir a Vanessa Green la estrella de Hollywood? Mira, no has sido más que una niña caprichosa toda tu vida.

—Pero regresé, Arturo, volví a buscarte. Cuando supe que te habías casado con otra… aquello me destruyó.

—Bienvenida a la realidad. Tati, así es la vida. Nuestro tren se fue el día en el que decidiste casarte con otro. Yo no puedo dejar a Elvira y tú, no puedes dejar Hollywood. Así caminan las cosas.

74

—Vanessa, debemos irnos —interrumpió Marie—. Tenemos una cita en media hora, no queremos llegar tarde. Señor Fuentes, ha sido un placer.

—El placer es mío —respondió Arturo y luego, extendió la mano a Tati—. Encantado de conocerla, señora Green, gracias por lo que ha hecho por nuestra biblioteca.

Ella extendió la mano para despedirse de Arturo y este la retuvo entre la suya un poco más de tiempo.

—Hasta otra oportunidad, señor Fuentes, gracias por su ayuda para hacer este proyecto realidad. Se lo debía a la ciudad de Nueva York y a esta biblioteca. Espero volver a verlo en otro momento.

—Quién sabe, señora Green, quizás en otro momento.

***

Esa tarde Vanessa firmó un contrato millonario que la llevaría a pasar siete meses en Australia rodando una película que podía hacerla ganar un nuevo Oscar. Lo había aceptado sin dudar, aunque sabía que pasar tanto tiempo fuera de casa, podría poner en peligro su tercer matrimonio. Más tarde, en la habitación del hotel, mientras se quitaba el maquillaje frente al espejo, recordó a Arturo. Después se acostó en la cama y, como cada noche, se puso el antifaz sobre los ojos.

***

Esa noche Arturo decidió llevar a Elvira a bailar. Al regresar tuvo la intención de hacerle el amor, pero ella se quedó dormida. Un rato después, sentado en el balcón, pensó en Tati mientras fumaba el último cigarrillo que le quedaba en la cajetilla. Antes de levantarse para irse a la cama, apagó la colilla en el tiesto solitario que colgaba en la baranda y se preguntó, cuándo lograría dejar aquel vicio de mierda.

***

Día tras día, Paciencia y Fortaleza siguen inmóviles en la entrada de la Biblioteca Pública de la ciudad de Nueva York, esperando a que se cumpla una promesa.

---

* Primer Lugar Egresados Certamen de Cuento de la Cofradía de Escritores de Puerto Rico, 2015.

En un golpe de suerte

Manuel se encontró sentado en un banco de la plaza sin saber cómo había llegado hasta allí. Desorientado, oteó los alrededores en busca de algo o alguien conocido. Hacía calor y la intensidad del sol de mediodía le cegaba la vista. Se levantó despacio y comenzó a vagar sin rumbo de un lado a otro de la plaza. Al cabo de un rato, se topó con un niño que relamía una piragua y se detuvo para observarlo. Miró el cono salpicado de rojo y le pareció saborear el néctar de la frambuesa. Una sonrisa infantil se le dibujó en el rostro mientras venían a su mente recuerdos intermitentes de su niñez. De repente, el nombre de María se coló entre sus memorias y supo dónde estaba. Vivía cerca, a dos calles de la plaza. Caminó deprisa para no olvidar nuevamente el camino de regreso a casa.

Al llegar, entró al dormitorio a buscar a su esposa, pero la encontró dormida, se sentó en el sillón al lado de la cama para no molestarla. Mientras se mecía, observó las canas que le pintaban el pelo, la extrema delgadez de los brazos y se acercó para acariciarla. La sintió fría, inerte. Confundido, trató de despertarla, la llamó por su nombre mientras recordaba que al levantarse esa mañana la había encontrado sin vida.

Entre lágrimas le tomó las manos con la ternura de otros tiempos y las besó. Después, se acostó junto a ella,

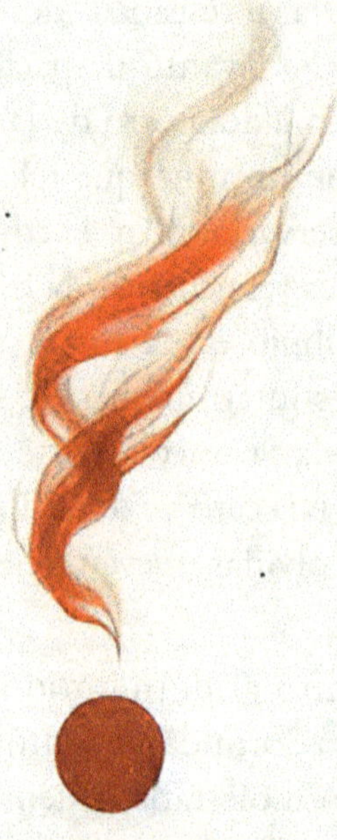

cerró los ojos y recostó la cabeza en su regazo. Se quedó inmóvil, en espera, escuchando el ruido acompasado del abanico de techo, hasta que en un golpe de suerte se le volvió a perder la memoria.

Entonces, creyéndola dormida, salió feliz hacia la plaza para comerse una piragua de frambuesa.

---

* Mención Honorífica Décimo Campeonato Mundial del Cuento Corto Oral, Puerto Rico 2015.

Bajo la gélida capa de un lago

"Estoy entre rejas en húmeda celda.
Criada en cautiverio, un águila joven,
mi triste compañía, batiendo sus alas,
junto a la ventana su pitanza pica".

ALEXANDER PUSHKIN

Viktor Sergéevich Popov agarró la silla, la acomodó frente al prisionero que permanecía de pie y dio dos pasos hasta colocarse detrás de él. Luego le puso la mano sobre el hombro y lo empujó para que tomase asiento. Antes de hablar volteó la cabeza para mirar el río Volga a través de la ventana. Llevaba un mes al mando de las fuerzas antibolcheviques que habían tomado la ciudad de Kazán y extrañaba estar embarcado en la flota.

—Déjenos solos —ordenó al oficial que esperaba junto a la puerta, para luego dirigirse al prisionero—. ¿Cómo se llama?

—Iván Ustinov, señor.

—¿Cuántos años llevaba trabajando para la *Tcheka*, antes de desertar?

—Dos, hasta que sucedió lo de Ekaterimburgo.

Viktor acomodó otra silla y se sentó frente a él. Se desabrochó el cuello del uniforme y lo miró:

—Cuénteme lo que pasó en la casa Ipátiev.

—Ese día nos ordenaron apresar a la familia del Zar. Entramos por sorpresa a la mansión, los bajamos al sótano... el servicio trató de protegerlos y hubo mucha

81

confusión. No sé de quién fue el primer disparo, cayó Nicolás muerto… después los otros. Traté de evitar que mis compañeros siguieran disparando, pero fue inútil.

—¿Y ella? ¿Cómo se salvó?

—Me pidieron que me hiciera cargo de custodiar los cadáveres mientras preparaban un camión para sacarlos de allí. Mientras esperaba vi que se movía. Me acerqué y noté que sangraba por la cabeza, pero no estaba herida de bala. Tenía golpes y sangraba, pero estaba viva. Era la única con vida.

—¿Qué pasó después?

—La saqué medio inconsciente por una puerta trasera. Luego, la llevé a casa de un primo que nos escondió hasta que pudimos huir hacia Omsk.

—¿Y su primo sabía de quién se trataba?

—No, le dije que era una misión secreta de la *Tcheka*, que era la esposa de uno de los líderes del movimiento bolchevique y que tenía la orden de protegerla.

—¿Y su primo le creyó?

—Mi primo es un hombre humilde, señor, trabaja en una fábrica y ni siquiera sabe leer. Jamás hubiese imaginado que la hija del Zar estaba escondida en su casa.

—La hija del Zar escondida por un guardia de la *Tcheka*, haciéndose pasar por una bolchevique. Tiene usted razón, nadie creería algo así. ¿Alguien más sabe de esto?

—No hablé con nadie hasta que llegué a ver al almirante Koltchak. Supuse que solo él podría proteger a la señorita Romanov.

—Supuso bien, pero no entiendo por qué ha hecho esto.

—Porque no quiero perder mi alma.

—¿Su alma? ¿Cuántas personas ha asesinado desde que entró en la guardia roja?

—Muchas, igual que usted, pero no personas inocentes. Las hijas del Zar no entraban en mis planes.

Viktor se levantó, abrió la carta del almirante Koltchak y la leyó:

Omsk, 20 de agosto de 1918

Capitán Viktor Popov:

Junto a esta carta que le lleva uno de mis guardias, le hago cargo de la dama que acompaña al prisionero. Se trata de la gran duquesa Anastasia de Rusia, hija de nuestro amado zar Nicolás II. Nadie debe conocer su verdadera identidad. El prisionero es un desertor de la Tcheka que la salvó de la muerte y la trajo hasta nosotros. Interróguelo y luego ejecútelo. ¡Honor y gloria para el ejército blanco!

Almirante Alexander Koltchak

El capitán Popov se asomó a la ventana y respiró el aire cálido que entraba desde la calle. Era verano y el sol resplandecía sobre la cúpula dorada de la catedral de la Anunciación. Aunque le daba la espalda, sentía la presencia del hombre que esperaba por una sentencia que ambos conocían de antemano. Se volteó hacia él, lo miró a los ojos y le dijo:

—Iván, hoy es un buen día para morir, ¿no le parece?

—Sabía que mi vida corría peligro —respondió el reo.

—¿Tiene familia? ¿Hay algo que pueda hacer por usted antes de que se lo lleven?

—No tengo a nadie. Quisiera morir con el uniforme de soldado y escribirle una nota a la señorita Anastasia. Si es posible.

—El uniforme no será problema, pediré que le den alguno de los que van quedando de los prisioneros. La nota la puede escribir ahora mismo, yo se la daré personalmente a la Duquesa.

Viktor permaneció callado mientras el prisionero escribía la carta. Aquel hombre, que un rato antes humillaba su mirada ante él, había recuperado su dignidad. Ya no temblaba y sus manos se movían ágiles sobre el papel que recogía las últimas palabras para la joven por la que había decidido morir. Viktor pensó en su propia vida, en las batallas que él había luchado por la patria y por el honor, acatando órdenes, a veces tan absurdas como la que tenía que cumplir hoy.

Cuando Ustinov terminó de escribir, Viktor recogió la carta cerrada y llamó a la seguridad para que se lo llevaran.

Un rato después, Popov se dirigió hacia el ala interior de la mansión para visitar a la señorita Romanov. Al llegar a la entrada de la habitación le hizo señas al guardia para que se moviese y tocó a la puerta. Una voz tenue le dio permiso para entrar.

Viktor asomó la cabeza y tuvo que agarrarse del marco cuando la vio. Era joven, no podía tener más de dieciséis o diecisiete años. Llevaba el cabello suelto y los rizos castaños caían distraídos sobre sus hombros. Tenía puesto un traje azul añil que contrastaba con el amarillo de unos ojos grandes y almendrados. Era una joven hermosa, pero no fue su belleza lo que más le impresionó. Fue el deseo inmediato, casi instintivo, que experimentó de protegerla. No supo bien si por la sombra gris de la tristeza que se marcaba alrededor de sus párpados, o si era la timidez con la que bajaba la mirada mientras cruzaba las manos sobre su regazo.

—Disculpe, Duquesa —dijo cerrando la puerta—. Soy el Capitán Popov y estoy a cargo de su seguridad. Lamento su situación y espero comprenda que para protegerla no podrá salir de la habitación. Nadie debe sospechar quién es usted.

—No se preocupe, hace un mes que he dejado de ser quien era —contestó recostando la cabeza sobre el respaldar del sillón.

Viktor se vio tentado a pedirle disculpas nuevamente, no solo por haber entrado a la recámara de una princesa sin ser anunciado previamente, sino por no haber sido capaz de evitar la tragedia por la que estaba pasando la única sobreviviente de la familia Romanov.

—Tendremos que simularle una identidad. ¿Hay algún nombre que prefiera usar?

—El que le guste a usted. A estas alturas, ¿qué más da? ¿Cómo está el señor Ustinov? —preguntó en un tono que delataba preocupación—. Si no hubiese sido por él, tampoco estaría viva.

Viktor metió la mano en el bolsillo del uniforme para sacar el sobre que traía para ella. Dudó por un instante, sacó la mano vacía. Había leído la carta del prisionero y tenía la intención de dársela, pero el interés con el que la joven preguntaba por Ustinov hizo que se contuviese. Ella levantó el rostro y volvió a preguntar por el hombre que la había salvado.

—Ha sido enviado de regreso a Omsk —mintió.

—¿Estará bien?

—Sí, no se preocupe, allí le darán un salvoconducto y una nueva identidad.

—Nasthia.

—¿Cómo?

—Llámeme Nasthia, así me llamaba mi padre cuando era más pequeña.

Esa noche Viktor guardó la carta en el cajón del escritorio y se acostó a dormir pensando en Anastasia. Soñó con ella y con Iván Ustinov. En su delirio vio cómo el soldado bolchevique regresaba de la muerte para llevársela, mientras Viktor luchaba en vano por soltarse de unas cadenas que lo mantenían prisionero. Despertó sudoroso y con el pulso acelerado. No pudo volver a conciliar el sueño y logró tranquilizarse cuando a la mañana siguiente recorrió el camino hasta la puerta de la habitación de Anastasia para comprobar que estaba bien.

Durante las semanas que siguieron al primer encuentro, Viktor continúo visitándola en su encierro.

Al principio solo entraba y se aseguraba de que el servicio cumplía con sus instrucciones de mantenerla bien atendida. Poco a poco sus visitas fueron alargándose; conversaba con ella o la dejaba ganarle en una partida de ajedrez. En sus conversaciones descubrieron que eran afines en su pasión por la literatura. Viktor le llevaba libros que él mismo escogía de la biblioteca y le marcaba con pequeñas anotaciones sus partes favoritas. No había un momento del día en el que dejase de pensarla y todas las horas libres las dedicaba a hacerle compañía. Si alguna tarde los asuntos de estado no le permitían ir a verla, pedía que le llevaran el té de *kvas* y el pastel de carne que tanto le gustaba. Por las noches se acostaba ansioso, deseoso de que pasaran las horas de oscuridad para cruzar la mansión hasta llegar a ella.

Una tarde de octubre Viktor recibió un telegrama del almirante Koltchak:

Popov, salga lo antes posible de Kazán. Las tropas rojas preparan un ataque sorpresa. Traiga consigo el tesoro de los zares. A.K.

Viktor preparó la huida en cinco trenes. En ellos cargó armas y más de seis mil cajas repletas con los rublos y el oro que el ejército blanco había logrado salvar de la invasión bolchevique en Moscú y que estaba, hasta ese momento, bajo la custodia de Koltchak. El 13 de octubre, a medianoche, subió junto a Anastasia en uno de los vagones y permaneció a su lado durante todo el trayecto hasta Omsk. La joven iba intranquila, le preguntó varias veces a Viktor qué pasaría con ella. Él trató de tranquilizarla, asegurándole que en Omsk estaría a salvo, pero no encontró la forma de confesarle que al terminar el trayecto tendrían que separarse. Cuando llegaron a la estación final, la acompañó hasta el coche oficial que esperaba por ella para trasladarla a la residencia del almirante Koltchak, donde sería custodiada de ahora en adelante. Popov le abrió la puerta del coche y la despidió con un saludo militar. Tan pronto la perdió de vista se subió al camión oficial encargado de llevarlo al cuartel de la base naval. Durante el camino evitó, a toda costa, que el chófer notase el desasosiego que llevaba por dentro, pero tan pronto se vio solo en la habitación que le fue asignada en el cuartel, se desabrochó la chaqueta del uniforme y se dejó caer abrumado en la cama.

La separación de Nasthia le reveló un sufrimiento hasta ahora desconocido para él. Deseaba verla, la extrañaba y volvió a tener pesadillas en las noches. Le preocupaba su seguridad, ya que los rojos avanzaban imparables hacia Omsk. Cualquier indiscreción podría poner en peligro la vida de la hija del Zar.

Entrado el mes de noviembre, Koltchak le pidió que fuese a visitarlo. Iba con la esperanza de verla, pero las noticias que le esperaban eran desalentadoras. Tenían que sacar el tesoro de los zares hacia Siberia antes de que los bolcheviques tomasen la ciudad. Estaba todo preparado, volverían a cargar todo en tres trenes, ahora camuflados con signos de la cruz roja para asegurar su paso. En uno de ellos también huiría Anastasia. Antes de que Viktor pudiera ofrecer hacerse cargo del tesoro y de la Duquesa, Koltchak le informó que otro oficial de menor rango iba a encargarse del viaje. Popov y el Almirante debían dirigir la resistencia en Omsk, defendiendo lo que quedaba atrás, incluso, con la vida. Con voz ansiosa Viktor pidió ver a la

Duquesa para despedirse de ella. Koltchak ordenó que lo llevaran hasta la biblioteca donde ella pasaba las tardes.

Al entrar la vio leyendo, sentada junto a la chimenea. Viktor reconoció la carátula del libro que sostenía: el poemario de Pushkin. Nasthia no se percató de su presencia hasta que él balbuceó su nombre mientras caminaba lentamente hacia ella.

—Duquesa, tiene que huir de Omsk —le dijo Viktor sin preámbulos—. No está segura aquí, el almirante Koltchak lo tiene todo preparado. Se va pasado mañana, en un tren del ejército.

—Capitán, nadie está seguro en estos días. No quiero seguir huyendo, ¡esta es mi patria, la patria de mis antepasados! —contestó, levantándose bruscamente de la silla.

—Anastasia, escúcheme, por favor —suplicó Viktor acercándose a ella—. Tiene que hacerlo y seguir luchando por su vida.

—¿Y usted, Viktor? ¿Usted también se va? —preguntó mirándole fijamente a los ojos.

—Yo tengo mis obligaciones —respondió separándose de ella mientras sacaba un sobre del abrigo—. Hay algo que debí haberle dado antes, es una carta... de Iván Ustinov. No sé por qué la traigo conmigo hoy. Quizás tuve el presentimiento esta mañana de que jamás volveré a verla. La escribió el día que tuve que ordenar su ejecución.

—¿Su ejecución? ¡Usted me dijo que había sido enviado a Omsk! ¿Ejecutado? ¡El hombre que me salvó la vida! Todos son unos bárbaros, escondidos detrás de esos malditos uniformes —gritó iracunda—. Salga de aquí, no quiero volver a verle y si algún día Dios me permite regresar a Rusia para servir a mi patria, le juro que los voy a buscar a todos, uno a uno, y los voy a mandar a colgar en la plaza de San Petersburgo; ¡donde pueda verlos!

—Lo siento, Duquesa, hubiese querido protegerla hasta el final. Por favor, póngase a salvo y no confíe plenamente en nadie. Algún día regresará a Rusia. Estoy seguro.

Nasthia le arrebató la carta y lo miró con desdén. Viktor quiso decirle cuánto pensaba en ella por las noches, cuánto la soñaba y cuánto deseaba no tener que despedirse de ella; pero inclinó la cabeza en señal de respeto, se volteó y marchó, sabiendo que no volvería a verla.

Anastasia se dejó caer en el sillón de seda y abrió el sobre:

Apreciada Duquesa:

Quiero que sepa que después de conocerla he comprendido que la única batalla que ha tenido sentido en mi jornada es la que libré por salvarla. Espero dejarla en manos de quienes salvaguardarán su vida. Por favor, no sufra por mí ni por mi suerte. No culpe a mi verdugo; asumo total responsabilidad por el final al que me enfrento. Recuerde siempre que todos somos prisioneros de nuestras circunstancias. Rece por mí.

Larga vida para usted,

Iván Ustinov

Anastasia dobló el papel y se secó la lágrima que le mojaba la mejilla. Sabía que tendría que seguir las órdenes, prisionera de quienes la protegían. Aceptó su nuevo destino y días después se subió en el tren camuflado que la llevaría a Siberia. Iba acompañada de un oficial que desconocía su identidad, pero que había jurado protegerla. Durante el trayecto se quedó medio dormida varias veces, otras, con ojos cerrados, pensó en su familia, en la vida en palacio, que ahora le parecía que había sido un sueño, y también en Viktor. Conocer la verdad sobre la ejecución de Ustinov le había producido una ira incontrolable, pero leer su carta y las horas de insomnio que siguieron a la confesión de Popov terminaron por convencerla de que, en esa maldita guerra, todos estaban encerrados en la misma celda del prisionero, como el águila del poema de Pushkin.

El impacto súbito la encontró con la cabeza recostada sobre la ventana. Cuando el tren se descarriló y se hundió en el lago Baikal no hubo tiempo de huir ni de salvar nada. Junto a ella pereció el joven oficial que tenía la misión de protegerla y con ellos, se perdieron las quinientas toneladas de oro que el ejército blanco había rescatado de los zares.

Horas antes de ser capturado y ejecutado por las fuerzas bolcheviques, Viktor Popov fue informado de que el tren que llevaba a puerto seguro el último tesoro del Zar, se había hundido y desaparecido para siempre, bajo la gélida capa de un lago.

Los niños del San Ramón
Madrid, 1969

Lola estaba sola la noche que le llegaron los dolores de parto. Clara, su compañera de cuarto, le había hablado de esa clínica donde podía dar a luz y entregar al niño si no quería hacerse cargo de él; pero, aunque había tenido casi ocho meses para pensarlo, aún no sabía qué iba a hacer con la criatura que estaba a punto de traer al mundo.

La Lola, como la llamaban sus clientes, subió al taxi agarrándose el vientre, se dejó caer sobre el respaldar del asiento y con el poco aire que le quedaba después de bajar cuatro pisos, dijo:

—A la Clínica San Ramón, paseo La Habana. Dese prisa, por favor.

El taxista alzó la mirada para verla por el espejo retrovisor y pensó que era demasiado joven. Estaba pálida y unas gotas de sudor le bajaban por la frente. En otras circunstancias hubiese preguntado por el padre del bebé o si era su primer parto, pero la había subido al coche en la Calle de la Montera y con veinte años en el volante, conocía perfectamente cuando callar. No era la primera prostituta que llevaba a dar a luz a esa clínica y, al igual que otros compañeros, sospechaba que en ese centro hospitalario se 'arreglaban' esos asuntos.

94

El taxi salió a toda prisa por las callejuelas del centro. Esa noche, como una espectadora más, Lola observaba a través del cristal la vida que estaba acostumbrada a protagonizar. Sentada, con las manos apoyadas sobre su vientre, le parecía que nunca había deambulado por aquellas calles esperando que un hombre cualquiera le diese dinero a cambio de unas horas de placer. Cerró los ojos para no verse más en otros cuerpos, en otras caras; como las que se reflejan en los espejos distorsionados de las casas de terror. Trató de no pensar en nada, de apartar de su mente el miedo que la paralizaba cada vez que le llegaba una contracción. Esperó un rato para volver a abrirlos, cuando creyó estar en el otro Madrid: el de los monumentos y las avenidas anchas, el de los grandes almacenes; el que soñaba antes de llegar de su pueblo. Había calculado bien, el taxi doblaba a la izquierda en la plaza Cibeles y entraba por el paseo Recoletos, la avenida se agrandaba y el mundo de La Lola quedaba atrás. Un rato después, tras doblar a la derecha en la avenida del Generalísimo, la voz del taxista la devolvió a la realidad.

—Señora, ya llegamos.

—¿Cuánto le debo?

—No es nada, vaya con Dios.

—¡Puja, puja que ya viene! ¡Vamos, no pares! —gritaba la enfermera.

Nunca sintió tanto dolor ni siquiera cuando algún desgraciado la había querido moler a golpes para no pagarle. La criatura luchaba por salir, Lola apretaba con fuerza, pero una resistencia mayor tiraba de su hijo, lo halaba hacia dentro y lo devolvía a sus entrañas.

—No sale, hay que ayudarla, la matriz es muy estrecha —escuchó decir al médico.

Ya no pensaba, no le preocupaba qué iba a hacer con el niño ni si tendría para comer esa noche ni la vieja calle por la que desparramaba los minutos de su vida, a merced de los hombres; solo quería que aquel ser que se había adueñado de su cuerpo durante casi nueve meses, y que la estaba haciendo jirones por dentro, saliese. Tenía que nacer.

De nuevo una contracción, un golpe firme y sostenido partiéndole la espalda hasta cruzarle el vientre y la mano intrusa del doctor dentro de su vagina, violándola para sacarle a su bebé. Más dolor, otro pujo: un, dos, tres, con fuerza, hasta que lo sintió salir de golpe y todo su mundo se colmó con la cadencia de su llanto de recién nacido.

—Hijo —balbuceó.

—Ya está. Hay que sedarla, ¡de prisa! —ordenó el doctor.

Lola trató de incorporarse para ver al niño, que salía de la habitación en brazos de la enfermera, mientras una mano firme tomaba su brazo y la inyectaba. El ruido a su alrededor fue disminuyendo, las imágenes se tornaron borrosas y llegó el silencio.

—Buenos días, Dolores.

—¿Quién es usted?

—Soy sor Teresa, estoy aquí para ayudarte. El padre Tomás me pidió que estuviese rezando por ti.

—Yo no he pedido ninguna oración, ni conozco al padre Tomás. Quiero ver a mi hijo, quiero llevármelo. Por favor, llame al doctor —dijo alzando la voz.

—Tranquila, aquí está el médico.

—Doctor, quiero llevarme a mi hijo, por favor, tráigalo, necesito verlo —suplicó.

—Doña Dolores, como director de este hospital me apena mucho informarle que su hijo falleció a las pocas horas de nacer.

—¡Mi hijo! Pero si yo lo escuché, lloraba…

—Señora, comprendo que es muy difícil para usted, el niño nació con una deformidad severa. No había nada que hacer.

—¡Quiero verlo, enséñeme a mi hijo!

—Hija, escúchame —interrumpió sor Teresa—, aunque a veces no comprendamos los designios de Nuestro Señor, él quiere nuestro bien. La Santa Iglesia se ha encargado de disponer de su cuerpo, sabemos que, para las madres sin familia, especialmente para las solteras como tú, con una vida tan alejada de la fe, es difícil llevar a término estas situaciones. El pobre era un engendro, pero para Dios todos somos iguales y su alma pura debe estar ya contemplando la luz del Señor.

Lola se dejó caer vencida en la cama, consciente de que nunca sabría la verdad. Indefensa, lloró hasta que el cansancio de sus propias lágrimas la envolvió en un sueño profundo y reparador.

A la misma hora, en un barrio exclusivo de Madrid, el teniente Urrutia, amigo personal del Caudillo y militar condecorado del Ejército del Aire, le daba la buena noticia a su esposa:

—Inés, ha llamado el padre Tomás, el Señor ha escuchado nuestras oraciones. ¡Ha sido un niño!

—¡Bendito sea Dios! Antonio, ¿cuándo nos lo dan?

—Tenemos que ir mañana a por él, al San Ramón.

A la mañana siguiente, tras entregarle un recién nacido saludable y robusto a un conocido matrimonio de la parroquia, el padre Tomás guardó un talonario en el cajón del escritorio y se arrodilló para rezar ante el pequeño altar de la sacristía.

Jogo bonito

Se quita el chándal y se acomoda la camiseta del uniforme mientras el entrenador le da las últimas instrucciones. El cuarto árbitro levanta la tabla para el cambio de jugador. Su número aparece en verde sobre la pantalla de luces y más de sesenta mil espectadores en el Mané Garrincha cantan a coro: "¡Luzinho, Luzinho!". Luiz Afonso da Silva sale al campo a jugar y mira el cronómetro del estadio. Veinte minutos y un gol, separan a Brasil del campeonato mundial de fútbol.

***

—Vamos, hora de jugar —le dijo su hermano con el balón en la mano.

Luzinho escuchó los gritos a través de la pared que los separaba de la habitación de sus padres. El niño sabía que lo próximo sería el ruido de los golpes, y el llanto quebrantado de su madre.

—No los oigas —dijo Sávio cruzando los dedos y tocándose la sien—, recuerda, todo está aquí, en tu mente. Los jugadores tienen que concentrarse y no escuchar.

Los hermanos salieron uno detrás del otro a través de la puerta de madera azul que separaba su pequeña casa del pasillo interior de las favelas y bajaron por una hilera de escaleras de cemento, entre paredes escritas y cables de tendido eléctrico. Una vez en la calle bajaron corriendo la cuesta para llegar hasta el pequeño terreno baldío que servía de cancha a los niños de la Rocinha, donde jugaban al fútbol para olvidar.

—Aquí están los hermanos da Silva —dijo uno de los chicos del grupo.

100

Sávio sacó una cinta naranja del bolsillo del pantalón y se la puso a Luiz Afonso en el brazo.

—Hoy tú eres el capitán de los *camarâo.*

—¿De verdad? Es la primera vez que me dejas.

—Ya es hora, tienes diez años y aunque me cueste decirlo, juegas mejor que yo.

—Pero tú me has enseñado.

—Escúchame, si quieres ser un campeón, tienes que practicar mucho.

—Un día saldremos de aquí.

—Un día —contestó Sávio.

Para hacer la portería, los niños colocaron dos palos de madera en cada lado de la cancha, se saludaron los capitanes de cada equipo y tomaron sus posiciones.

—¡Qué empiece el *jogo bonito*! —gritaron todos.

"…Luzinho corta el balón y sale con él al medio campo, se lo pasa a Fabiano, Fabiano cambia el juego. Ahora la tiene Romario, la centra para Luzinho, este patea al arco y el portero charrúa se abalanza sobre el balón e intercepta la bola. El equipo de Uruguay sigue vivo, el de Brasil también. ¡Quedan diez minutos de juego y el estadio revienta! ¡El

público de pie! ¡El partido no está apto para cardiacos, señores!".

Tras ganar dos a cero los *camarâo* decidieron ir a celebrar. Más abajo en la cuesta estaba la tiendita de don Diago y a Sávio le tocaba pagar los refrescos. Era el mayor del grupo y hacía varios meses que se ganaba algún dinero recogiendo y vendiendo latas de metal.

—Buenas, don Diago, seis refrescos bien fríos para el equipo —pidió Sávio.

—¿Ganaron?

—¡Seguro! Si somos los mejores.

—Un día seremos campeones.

—Campeones del mundo.

—¡Con la selección de Brasil!

"…el partido sigue empatado a cero. Ninguno de los dos equipos quiere perder. Ricardo Lula recibe el esférico y lo revienta al lateral izquierdo. Diego Berti corta el pase y sale hacia la portería de Brasil. Romario recupera el balón y se lo pasa a Marcelo, Marcelo juega atrás con Tostâo, el balón vuelve al centro, la tiene Fabiano, patea un cañonazo…y… demasiado alto… Brasil no quiere ganar. El público se impacienta…".

Los hermanos se despidieron de sus amigos y subieron la cuesta hacia su casa. Después de tomarse los refrescos se habían quedado hablando en la calle y se les había hecho tarde. Empezaba a oscurecer y los habitantes de la noche iban ocupando sus lugares habituales. De regreso, el camino parecía más largo. Atrás iban quedando las hileras de casas, algunas de ladrillo sin revestir, otras, pintadas con colores brillantes; todas, vistas desde lejos, demasiado pegadas entre sí para parecer reales. Hundida a lo lejos en el horizonte, quedaba también la playa de Río de Janeiro, como un testigo silente de que la vida en la Rocinha cambiaba al atardecer.

Sávio aceleró el paso agarrando a su hermano por el hombro.

—Date prisa —le dijo.

—Espera.

—¿Qué pasa?

—El balón, se me quedó abajo.

—Mañana lo buscamos.

—¿Mañana?... está firmado por Ronaldinho —dijo el hermano menor, casi en una súplica.

—Está bien. Quédate aquí, detrás de estas cajas y no te muevas.

"...cinco minutos de juego le quedan al partido. El marcador sigue empate y Uruguay va a tirar un penal. Todo el mundo en el estadio está de pie, Brasil de pie, Uruguay de pie, setecientos millones de telespectadores de pie. Adrián Matta se prepara, el portero se prepara, chuta yyyy fallaaaa... Brasil sigue con vida, Uruguay se lo pierde, señores, hay más...".

Luzinho esperó un rato sentado, pero su hermano no regresaba y decidió bajar a buscarle. A mitad del camino escuchó dos golpes secos, luego dos más, eran disparos. Conocía su ruido, los escuchaba muchas noches, afuera de su casa cuando Sávio le decía que se alejase de las ventanas. "Sávio", quiso gritar su nombre, pero estaba mudo, trató de caminar, mas las piernas no le respondían. Dos hombres con armas en las manos venían corriendo cuesta arriba, cada vez más cerca de él. Luzinho no se movió, ni siquiera cuando detuvieron la marcha unos segundos para mirarlo a los ojos. Déjalo, es un niño, dijo uno. El otro obedeció.

"...el árbitro saca la tarjeta amarilla. Faltan dos minutos para que termine el partido. Tras la falta Romario saca lateral para Limão, Limão controla el balón y cambia juego para Luzinho que recibe el balón y sube por la banda izquierda. Luzinho aprieta la marcha y sigue solo por el lateral. Regatea, se mueve con el balón, hace una bicicleta, logra desmarcarse de la defensa, está solo frente al portero que sale a buscarle, ambos se juegan la vida...".

Luzinho siguió inmóvil mientras los dos hombres se alejaban de él. No respiraba, no hablaba, su mente gritaba "Sávio, Sávio". Con los ojos llenos de lágrimas alcanzó a ver la sombra de alguien que subía corriendo por la cuesta. Alguien que corría hacia él, lo abrazaba y lo levantaba del suelo. Una voz familiar que le decía: "¡Luzinho, Luzinho!".

"...el portero ataja a Luzinho, pero Luzinho regatea con el balón, lo rueda sobre el portero, salta por encima de él, levanta la pierna izquierda y tira, tira y GOOOOLLL, Gol, Gol, Goolllll de Brasil. Y el Mané Garrincha que revienta, y el público salta, esto es una locura, Brasil campeón del mundo, Brasil que celebra en Río, en Bahía, en Sâo Paulo, en las favelas, en cada casa. Baila el público, Brasil baila y Luzinho llora frente a la portería, sus compañeros lo abrazan...".

***

Luiz Afonso da Silva se levanta del suelo, se va soltando del abrazo de sus compañeros, lágrimas de niño le empañan los ojos de hombre, pero esta vez puede moverse, grita: "¡Sávio, Sávio!" y corre hacia él. Desde el medio del campo se toca el pecho con el puño y luego levanta la mano señalando con dos dedos cruzados hacia las gradas. Su hermano desde el palco le devuelve el gesto, cruza los dedos y se toca la sien. En voz baja le contesta: "Recuerda, todo está aquí".

Amador

Era casi la hora de comer de un día cualquiera en el pequeño pueblo riojano donde Amador había vivido toda su vida. Ochenta y cuatro años bien vividos, como le solían decir los pocos vecinos que quedaban en el pueblo.

Desde que su mujer Elena había fallecido cocinaba poco, lo justo para no morirse de hambre, además, Amador prefería el menú del asador. Terminó de arreglarse para salir a la calle, frente al espejo del pasillo: con el mismo cuidado con el que lo hacía cuando trabajaba en la empresa de quesos que ahora dirigía uno de sus hijos. Agarró la chaqueta de primavera por el buen tiempo que estaba haciendo esos días y salió de casa con buen paso. No se molestó en cerrar la puerta con cerrojo, en un pueblo con setenta y tantos habitantes donde todos se conocían, se podía prescindir de esa formalidad.

En el asador ya lo estaban esperando Hugo y Daniela, emigrantes colombianos que regentaban el local desde hacía ya varios años. Le sirvieron la comida en la barra mientras le contaban del progreso de sus hijas en el colegio.

Después se tomó un café y un chupito de anís, como todas las tardes. Al terminar se sentó en la mesa justo al lado de la barra hasta que llegaron sus tres amigos para jugar la partida del día.

Amador estaba a ley de que le llegase el rey de oros para cantar 'tute', cuando un coche que no era del pueblo se estacionó frente al bar. De este se bajaron dos parejas de unos cincuenta y tantos años. Los cuatro jugadores detuvieron la partida el tiempo justo para auscultar los visitantes que se dirigían hablando animadamente hacia la puerta el bar. Daniela tomó su posición de anfitriona mientras Hugo se quedó en la retaguardia del mostrador.

—Buenas tardes, ¿qué desean tomar? —preguntó Daniela.

—Nos pone cuatro vinos de la casa, por favor —pidió uno de los dos hombres.

Las mujeres hablaban animadamente, ajenas a la mirada de incredulidad de Amador, quien apenas podía sostener las cartas. Manolo, su compañero de partida, notó su distracción y le llamó la atención de que le tocaba turno de tirar. Amador retomó el juego, con un ojo en la baraja y el otro, en los visitantes, hasta que una de las mujeres se acercó a la mesa de juego.

—Perdonen que interrumpa, señores, pero es que mi prima y yo —explicó señalando hacia la otra mujer—, hemos venido a este pueblo porque nuestra abuela nació aquí y estamos buscando nuestras raíces.

—Pues mire usted, seguro Amador debe saber quién era su abuela —contestó Manolo levantándose de la mesa—. Aquí el hombre conoce a todas las familias del pueblo y, además, tiene una memoria prodigiosa.

—¿Cómo se llamaba tu abuela? —preguntó Amador, intuyendo la respuesta.

—María Blasco Muriente —respondió la mujer.

Amador soltó las cartas, se puso las manos en la cabeza con la mirada fija en la mujer que ahora sonreía, y le preguntó:

—¿Tenía familia tu abuela en Fuenmayor?

—Sí, un hermano vivió muchos años allí después de casarse —contestó la otra mujer, que se había acercado también a la mesa de los jugadores.

—Sí, me acuerdo, sí, vuestra familia vivía dos casas más arriba del ayuntamiento, aquí en el pueblo. De tu abuela no me acuerdo bien, era mayor que yo, pero tenía una sobrina casada con un familiar mío. A esos los conocí en una boda en Fuenmayor —guardó silencio para hacer memoria y añadió—, Pilar, la mujer de Benicio, sí señor, así se llamaba la sobrina de tu abuela. Te pareces mucho a ella.

«Amador salió a toda prisa de la casa de la prima Antonia camino de la iglesia. Se casaba el hermano de Antonia, con la novia de toda la vida. Iba tarde, con pocas ganas de misa y muchas de fiesta. Impecable, con el traje más caro que tenía en el armario, la camisa blanca de lino y los zapatos italianos (que le habían costado un riñón) impolutos. Llegó justo antes de que empezara la marcha nupcial y logró sentarse en el espacio que Antonia le llevaba guardando durante casi media hora. Su prima lo fulminó con la mirada, a lo que Amador respondió con una de sus sonrisas más encandiladoras.

»La llegada de Amador no pasó desapercibida para las jóvenes casaderas del pueblo, era este no solo apuesto, también un buen partido por los negocios familiares que un día iba a heredar. Tampoco pasó desapercibido para Pilar, que estaba sentada junto a su marido en el banco detrás de Antonia y Amador. Ella no lo conocía personalmente, pero Antonia le había hablado de su primo. Se lo había descrito como un joven alto, delgado, de facciones fuertes y mirada profunda. Pero lo que no le había advertido ni podía adivinar, era lo que imponía su sola presencia. Entre salmos y rituales de boda, Pilar, sentada a escasos metros de él, estuvo más pendiente al pequeño lunar del cuello de Amador que a toda la ceremonia. Podía olerlo, usaba una colonia que le recordaba al musgo del bosque, a la humedad del campo, a la tierra sin labrar. Su aroma se le colaba por los orificios de la nariz y le recorría el cuerpo, de mujer recién casada e insatisfecha, para instalársele entre las piernas, como el vórtice de un ciclón. La ceremonia fue una pesadilla para Pilar, la mano arrugada y manchada de su marido posada sobre la suya, le recordaba los votos de un matrimonio pactado, seco como un desierto, y sin amor. La proximidad de Amador le producía un deseo irrefrenable de revolcarse en una pasión que la sacase de la vida estéril a la que la habían obligado sus padres, junto a un marido que casi le doblaba la edad.

»Tras la ceremonia, la comitiva se dirigió hacia el salón comedor de la bodega en la que se celebraba el convite. Amador llegó solo y sin percatarse de Pilar, que acompañada de Benicio, iba olfateándolo como perra en celo. No tardó mucho ella en cercarlo, en cuanto lo vio tomar asiento arrastró a su marido hasta la misma mesa y se acomodó frente a él. Benicio lo saludó con la educación que le caracterizaba y ella hizo lo propio. En la primera conversación ambos hombres hablaron del parentesco lejano que los unía, mientras Pilar se abanicaba con un ojo puesto en su marido y el otro, en su presa.

»Benicio iba de copa en copa, mientras Amador, conocedor de las armas de guerra femeninas, se percató durante la cena de las señales que Pilar iba enviándole desde el otro lado de la mesa: la mirada sostenida unos segundos más de la cuenta, la mano distraída acariciándose el cuello después de acomodarse ligeramente el pelo, la risa nerviosa. Todas las recibió Amador estoicamente, tratando de mantener la compostura. Hasta que Benicio, camino de la embriaguez, le pidió que sacara a su joven esposa a bailar. Amador, entre incredulidad y valentía, aceptó, y tomándola delicadamente de la mano se la llevó a la pista de baile.

»Hablaron poco mientras se deslizaban, cuerpo a cuerpo, sobre las baldosas blancas y negras del salón. Amador acercó la nariz al cuello de Pilar, la olió y se dio cuenta de que estaba perdido. Reconoció la respiración agitada en el pecho de ella y el sudor de sus propias manos, sosteniendo las manos suaves de esa mujer que, siendo de otro, se le ofrecía. Hablaron poco, lo justo para concretar el encuentro, minutos más tarde, en el jardín interior.

»La esperó en el camino que conducía desde la fuente hasta el almacén de víveres, conocía el lugar porque era cliente y lo visitaba con frecuencia. Cuando Pilar llegó la tomó de la cintura y la condujo hasta el local trasero. Sin preámbulos la despojó del vestido rojo de seda, el que recordaría toda su vida y, medio vestido, la acometió como un vendaval. Ella se entregó, por momentos sumisa y en otros, con una fuerza indómita. Se arrastraron por el suelo, se arremetieron contra la pared y terminaron de hacerse el amor en una silla, mirándose a los ojos, vencidos.

»Un rato después, sentados, frente a frente, en la mesa junto a los demás invitados, brindaron por la felicidad de los recién casados; con el pecho todavía agitado y el sabor del sexo en los labios».

Amador acompañó a los viajeros hasta el coche, después de enseñarles la casa donde habían vivido sus antepasados. Antes de despedirlos le preguntó el nombre a la mujer que se parecía a Pilar, no para saberlo, en realidad para tenerla cerca unos segundos más. Cuando emprendieron la marcha, calle arriba, todavía incrédulo, se quedó de pie junto al camino hasta que vio el automóvil desaparecer ante sus ojos.

Llegó a su casa, abrió la ventana del salón y se dejó caer en el sillón de piel. Pasó las manos por lo brazos ya curtidos, y giró la cabeza hasta el mueble de pared que estaba lleno de recuerdos de su vida: la foto de boda con Elena, la que se tomaron con sus tres hijos en las Fiestas de San Bernabé, la colección de tazas de su madre, sus libros preferidos. En ningún lugar de ese mueble había nada de Pilar, y aunque después de la boda del primo se vieron alguna que otra vez, en fiestas familiares y convites, siempre fueron encuentros cordiales y acompañados de sus respectivos cónyuges.

Era hora de la siesta, Amador reclinó la cabeza en el respaldar del sillón y bostezó. La brisa que entraba por la ventana movió ligeramente las cortinas mientras cerraba los ojos. Esa tarde, antes de quedarse profundamente dormido, su mente lo llevó hasta los brazos de Pilar, que lo esperaba vestida de seda roja, en la puerta del almacén de víveres de la vieja bodega.

Cada tarde, a las tres

La veo pasar, cada tarde. Hoy tiene el semblante diferente, parece preocupada.

Suena su teléfono celular y se detiene a unos pasos de mi ventana, el humo de su cigarrillo se cuela por mi casa mientras contesta:

—Sí, doctor, soy yo —responde con ansiedad—. Mañana… a las nueve. Allí estaré.

El semáforo cambia y todo el mundo cruza, menos ella, está detenida y tiene la mirada perdida. En unos segundos reacciona, tira el cigarrillo y cruza la calle. La veo alejarse, como cada tarde, pero hoy lleva un paso diferente, como si cargase el mundo sobre los hombros.

***

Hace más de dos meses que no la veo pasar. Salgo a la ventana, cada tarde, a las tres, espero un rato, por si se ha retrasado, pero no llega. El semáforo cambia, la gente cruza, aunque ella no está.

***

Miro la hora, son las tres, me asomo a la ventana, como cada tarde, y la veo acercarse. Lleva un pañuelo de colores en la cabeza, está más delgada y su tez tiene un color amarillento. Se detiene en el semáforo para cruzar la calle, pero no enciende un cigarrillo. Continúa su camino cuando el semáforo cambia a verde.

***

Es ella, después de tanto tiempo. Esta vez no viene sola, camina del brazo de un hombre algo mayor que ella. Vienen despacio, él la sostiene mientras ella da pasos pequeños y cansados. Ya no lleva la cabeza tapada, y su larga cabellera negra se ha convertido en una sombra sobre su cabeza. Sus ojos conservan el amarillo intenso de antaño, como rebelándose contra unas ojeras intrusas que ya no puede disimular.

—¿Estás cansada? —escucho que le pregunta—. ¿Quieres que paremos?

—No, vamos despacio. Son más de las tres —responde ella con voz tenue, casi en un susurro.

Él la mira con ternura, mientras ella le agarra el brazo con fuerza. Los veo alejarse, despacio, lado a lado.

***

Han pasado varios meses y cuando menos lo esperaba, diviso una figura familiar.

Es él, viene solo. A ella no la he vuelto a ver.

Se detiene frente a mi ventana, me mira, pero no me ve. En las manos lleva una caja. Es una urna dorada y pequeña, con dos iniciales inscritas.

Es ella, estoy seguro. Son las tres.

Su última oportunidad

"La magia del primer amor consiste
en nuestra ignorancia de que pueda
tener fin".

Benjamín Disraeli

Phillip miró la hora en su Rolex y detuvo la vista en las arrugas de sus manos. Nuevas manchas diminutas aparecían junto a las venas inflamadas que le marcaban la piel como polizontes intrusos subidos a un avión sin regreso. En unas horas estaría camino a Sídney, y Beatriz estaría volando hacia San Juan; a menos que, en esta ocasión, tuviese la valentía que no tuvo tantos años atrás. La miró sentada al otro lado de la mesa e incrédulo pensó que en la vida hay oportunidades que no se repiten ni siquiera para personas tan afortunadas como él.

Una hora antes se había sentado en una cafetería al final de la terminal tratando de matar el tiempo de espera para tomar su próximo avión. Había llegado temprano al aeropuerto de Nueva York y su vuelo estaba atrasado. Sacó su computadora portátil para adelantar unos memorándums que tenía pendientes, y envió un correo electrónico a su oficina. La reunión con los distribuidores había sido positiva, su última cosecha de vinos iba a entrar con fuerza al mercado del este de Estados Unidos. Mientras echaba un vistazo a la fila de pasajeros que esperaba por un café, pensó que era una lástima no tener con quién celebrarlo. Su último divorcio le había costado una fortuna, y ninguna de sus relaciones posteriores había durado más de dos o tres meses.

La vio de espaldas, creyó reconocerla, pero despés de tantos años le parecía imposible que fuese ella. Se quitó las gafas de lectura para verla mejor, observó cómo le pedía a la empleada un expreso doble con azúcar negra y un vaso de agua sin hielo con una rodaja de limón. Luego, sacó una caja de mentas del bolso y la puso sobre la bandeja, justo al lado derecho del vaso. El ritual se lo confirmó: tenía que ser ella. Sin dudarlo, se levantó de la silla, se le acercó y la invitó a su mesa.

Un rato después, sentada frente a él, Beatriz le sonrió mientras sorbía su café y Phillip sintió que aún estaba a tiempo de pedirle perdón. Llevaban un rato conversando, pero no habían tocado el tema de su relación. No se atrevía a preguntarle si estaba casada, aunque notó que no llevaba puesto un anillo de matrimonio. La última vez que se vieron fue en ese mismo aeropuerto, donde le prometió reencontrase con ella al terminar sus estudios. La había conocido dos semanas antes en uno de los tantos museos de Nueva York y no dudó en abordarla. Desde entonces no se separaron, hasta el día que la despidió en la terminal. Estaban de vacaciones y Phillip vio en ella a la chica de sus sueños, como solía decirle.

Regresó a Sídney decidido a seguir con Beatriz, pero un compromiso de matrimonio previo a conocerla y la amenaza de su padre de sacarlo del negocio familiar, lo llevaron a romper su pacto con ella. Sin decirle la verdad, dejó de escribirle, de contestar sus mensajes y sus llamadas, hasta que el silencio marcó el final de su relación de verano. Hacía mucho tiempo que la creía

olvidada, pero tenerla nuevamente de frente, le revivió algo más que los recuerdos.

El teléfono de Beatriz estaba sobre la mesa cuando sonó; las letras de la pantalla anunciaban la llamada de Mario. Pensó que debía ser su esposo, se sintió ridículo y viejo, más viejo que nunca. Bajó la cabeza y fingió estar leyendo un mensaje en el móvil mientras ella contestaba con un: "hola, mi amor". La conversación le pareció durar una eternidad, hasta que la palabra "hijo", pronunciada con dulzura, le devolvió la esperanza. La observó mientras hablaba: el negro de sus ojos, ahora marcados por pequeñas arrugas, el gesticular de sus manos y ese fruncir el ceño tan característico de Beatriz. Phillip se dio cuenta de que esta podía ser su última oportunidad para estar con ella. Sin darse tiempo para cambiar de opinión, sacó un bolígrafo del bolsillo y en una servilleta escribió: "Perdón". Luego la dobló y se la puso a Beatriz entre las manos. Ella la abrió y leyó el mensaje mientras le decía adiós a su hijo. Cuando colgó la llamada, lo miró sin decir nada. Él tampoco habló cuando ella extendió el brazo para ofrecerle la mano.

Ninguno de los dos viajó esa tarde, tampoco al día siguiente. Él llamó a su oficina y notificó que iba a tomarse unas vacaciones, que no sabía cuándo regresaría. Ella escribió un correo electrónico a su editor y le dejó saber que se quedaría por más días en Nueva York trabajando en su nueva novela. Juntos volvieron a recorrer la ciudad; esta vez sin la pasión descontrolada de la juventud, pero con la sabiduría de los años.

Una semana después, Beatriz se levantó en silencio de la cama de hotel que ambos compartían desde el mismo día de su reencuentro en el aeropuerto. Phillip la siguió con la mirada. Iba sin ropa. Le gustaba su espalda, en realidad, le gustaba verla desnuda. La vio detenerse a medio camino para rebuscar en el bolso y sacar un papel pequeño, que él no distinguió bien en la oscuridad. Volvió a meter la mano y sacó el billete de avión que le había dado la tarde anterior cuando le propuso que lo acompañase a Australia. Phillip se dio cuenta de que el pequeño papel era la servilleta que le había escrito en el aeropuerto pidiéndole perdón.

Sin pensarlo y sin voltearse hacia él, Beatriz, rompió primero el billete y después la servilleta. Dejó los trozos esparcidos sobre la mesa y se metió en el baño. Cuando cerró la puerta y dejó de verla; comprendió que esa era su última noche juntos y que, para él, ya no habría otra oportunidad de volver con ella.

11M

Regresas a casa. Otro viaje de negocios, otro avión. Ya no los disfrutas sin tu familia, sin tu hijo. Mañana cumple cinco años y desde hace cuatro lo extrañas cada minuto de vida que no lo tienes cerca. Cuatro años... cómo olvidar esa mañana de primavera.

***

La noche anterior había estado bebiendo. Como casi siempre que salía de viaje, la cena de negocios había terminado en un club nocturno y a la primera copa le habían seguido muchas más. Cómo llegué al cuarto con la chica morena que acaba de marcharse por la puerta, era una incógnita. *¿Magdalena? Creo que se llamaba Magdalena,* pensé agarrándome la cabeza. Traté de levantar el cuerpo inerte de la cama y miré el reloj. Eran las seis y cuarto de la mañana, tenía media hora para salir hacia la estación del tren. Si no me apresuraba no iba a llegar a la última cita de negocios del viaje.

En dos días estaría de regreso en Boston junto a mi familia. *¿Cómo estará Jay? Maldito cambio de hora,* me dije sacando el anillo de matrimonio del bolsillo de la chaqueta que había usado la noche anterior. Llevaba dos días sin hablar con Emma, sin saber de mi pequeño hijo. La última llamada telefónica fue un poco tensa, mi esposa intuía que durante mis viajes de negocios hacía algo más que trabajar, pero siempre encontraba la forma de salir airoso de sus interrogatorios.

Miré nuevamente la hora, era tarde; mientras me tomaba el café con leche que había pedido al servicio del hotel, revisé los últimos mensajes de correo electrónico que tenía sin leer. Había uno de Emma, preferí dejarlo para después.

La estación de Atocha estaba muy concurrida, como todos los días a esa hora de la mañana. Bajé por las escaleras hasta la taquilla central y compré los billetes del tren que salía por la Vía 2. Aunque me había tomado dos aspirinas, aún me dolía bastante la cabeza. El reflejo del sol que entraba por los vitrales de la antigua estación me hacía cerrar los ojos mientras esperaba en el andén. Con la prisa se me habían olvidado las gafas de sol en el hotel. Revisé los mensajes de la oficina que tenía en el teléfono móvil, mientras al lado mío un niño corría en círculos alrededor de su madre.

—¿Señor, me puede decir la hora? —preguntó la mujer.

—Las siete y veinticinco —contesté.

Ahora el niño corría alrededor de mí.

—Nené, deje de correr tras el señor, lo está molestando —dijo la madre agarrándolo por la mano para luego continuar—, mijo ya le he dicho que tiene que obedecer a su mami.

—Tengo sed —contestó sofocado mientras se agarraba de la falda de su mamá para descansar.

—Su merced, quédese tranquilo, pa'que se le quite esa sed.

—Mire, mami, ahí viene el tren.

Recogí el maletín y abordé el vagón. Detrás de mí subieron la madre y su hijo. Me acomodé en uno de los asientos del pasillo; el niño corrió para sentarse justo frente a mí. Su madre lo siguió, se sentó a su lado, en el asiento junto a la ventana y luego, colocó en el suelo las dos bolsas de plástico que cargaba. Una de ellas estaba llena de pulseras hechas de soga de colores. En la otra llevaba un paño negro, de los que se usan para poner la mercancía en la calle para la venta. El niño jugaba con una postal que había sacado del bolso de su progenitora. Con ojos ávidos la miraba, mientras trazaba con sus dedos las letras rojas de la parte inferior de la postal. Lentamente, una a una fue reescribiendo la palabra completa: Bogotá. *Son colombianos,* pensé. Como si me hubiese escuchado, el niño levantó la mirada y me sonrió.

Un silbato indicó que el tren estaba listo para partir, volteé la cara hacia la salida y una joven entró justo antes de que se cerrasen las puertas. Observé a mi alrededor, quedaban algunos asientos vacíos. Frente a mí, el niño había acomodado la cabeza en el regazo de su madre y mantenía la postal agarrada con ambas manos.

Cerré los ojos para tratar de descansar un rato mientras el tren empezaba a moverse. A escasos segundos, una fuerte sacudida me levantó de golpe de la silla y me arrojó contra las paredes superiores del vagón para luego dejarme caer en el suelo. Perdí la noción del tiempo mientras trataba de abrir los ojos. Me sobrevino una tos fuerte, provocada por el polvo que se esparcía rápidamente por la cabina, y traté de levantarme. El aire estaba tan denso que no podía ver, solo escuchaba los gritos a mi alrededor. Otra explosión, esta vez algo más lejos, sacudió nuevamente el vagón haciendo que perdiese el equilibrio que acababa de recuperar. Una tercera explosión hizo volar el techo de la cabina, mientras mi cuerpo volvía a golpearse contra las paredes del tren número 21431.

El ruido de las sirenas y los gritos me devolvieron el conocimiento; un líquido tibio que salía de los orificios de mi nariz me cubría parte de la cara. Me limpié con las mangas de la camisa. Un fuerte olor a sangre se mezclaba con el olor a pólvora y a chatarra quemada. Encima de mí los restos de una fila de asientos habían creado un vacío que me acababa de salvar la vida. Me arrastré como pude varios metros por el suelo hasta encontrar un hueco por donde salir de entre los escombros. Una bocanada de aire frío me golpeó la cara.

El polvo fue desapareciendo, poco a poco, empecé a ver los rostros de las víctimas de la intransigencia humana; algunos conservaban vestigios de sus últimos segundos de vida, otros se confundían con los hierros torcidos del tren. Los sobrevivientes como yo se levantaban y se ayudaban unos a otros. En medio de la confusión escuché su llanto.

—Mamita, despierte.

El niño colombiano estaba a escasos metros de mí, cubierto con el cuerpo inerte de su madre quien descansaba encima de él. Podía verle la cara, sus ojos rasgados estaban cubiertos de polvo y trataba de levantar la cabeza de su madre. Era inútil, esta caía sobre su cuerpo, una y otra vez. Corría hacia él cuando una mano me haló la pierna.

—Por favor, ayúdeme.

Era la joven que había abordado el tren justo antes de que se cerrasen las puertas. Estaba pillada por una de las puertas del vagón.

—Trate de levantarla un poco, creo que puedo salir —me dijo.

Volví a mirar al niño, seguía abrazado a su madre.

—Soy médico, ayúdeme. Tenemos que salvar ese crío —me pidió esta vez en un tono más fuerte.

No sé de dónde saqué las fuerzas, pero la puerta cedió cuando la levanté y la doctora logró salir, aunque apenas podía sostenerse.

—¿Está bien?

—Creo que tengo una pierna rota, por favor, ayúdeme —me respondió mientras se apoyaba en mi hombro.

Nos acercamos al niño, quien gemía debajo de su madre. Ella se acercó más que yo. Aun a cierta distancia, pude ver con horror que un trozo de cristal de la ventana había volado con las explosiones y estaba clavado en la parte posterior del cuello de la mujer. Un hilo de sangre bajaba por su espalda. La doctora la examinó y me lo confirmó con un gesto casi imperceptible, que no había nada que hacer, estaba muerta. El niño me miró y cerré los ojos. La cara de mi hijo se asomó en la oscuridad de mis párpados.

—Hijo, te vamos a ayudar, pero tienes que soltar a mamá —dijo la doctora con voz tenue.

—No, mi mamita, no.

—Hijo, tienes que soltarla —le dije tratando de convencerlo.

El niño comenzó a llorar más fuerte, apretándose contra su madre.

No sabía qué hacer, ella insistió.

—Por favor, suéltala, la vamos a levantar un poco para ver si podemos sacarte.

El niño soltó a su madre y se dejó caer hacia atrás. Cada vez lloraba con más fuerza. La doctora me hizo señas y me acerqué para levantar el torso de la madre muerta. Con las manos lo retiré. La eché hacia atrás recostándola contra el respaldar del asiento. En ese momento vimos que las piernas del niño estaban atoradas entre unas vigas.

—Tiene que salir a pedir ayuda, no podemos moverlo sin cortar los hierros. Pierde mucha sangre —me dijo la doctora con urgencia.

No tenía mucho tiempo. Antes de salir, volví a mirar al niño. Nunca había creído en los milagros.

Afuera de los vagones todo era confusión. El ruido de las sirenas del Sámur* y de la policía, se confundía con las voces del personal de la estación que corría de un lado hacia otro tratando de socorrer a los heridos. Los sobrevivientes que podían caminar ayudaban a los que lo hacían con dificultad. Corrí hacia unos empleados del servicio de urgencias.

---

* Servicio de Asistencia Municipal de Urgencias y Rescates.

—Ayuda, necesito ayuda —pedí jadeando.

—Tranquilícese, estamos haciendo lo que podemos.

—Es un niño, está herido y su madre... necesito que me acompañe. ¡Está atascado, se va a morir!

—Señor, cálmese. Llévenos con el niño.

El trayecto de vuelta al vagón se me hizo eterno, necesitaba llegar para verlo con vida. Dos efectivos sanitarios me escoltaron adentro. Paré en seco después de entrar, lo busqué con la mirada. Tenía los ojos abiertos.

—Hijo, te traje ayuda.

—Se llama Miguel —me aclaró la doctora.

—Miguel, te vamos a sacar —dije.

—Hay que cortar las vigas para sacarle. No podemos tirar de él, ha perdido mucha sangre y está débil —dijo la doctora dirigiéndose a los empleados—. Soy médico, Pérez, doctora Pérez.

Uno de los empleados pidió asistencia por radio. Necesitaban un equipo especial, pero había demasiadas emergencias. Me arrodillé frente al niño. Las piernas apenas me sostenían. Todo lo que estaba sucediendo a mi alrededor me sobrepasaba. *No cierres los ojos, Miguel, no te vayas. Tienes que luchar, luchar por tu vida*, quería decirle, gritarlo, pero la voz se me quebró.

—Miguel, ¿quieres que llamemos a tu papá? —logré preguntar.

—Mi papá está trabajando.

—¿Sabes el número?

—No, pero mi mami lo puede llamar. Despiértela.

—Luego le avisamos —contesté tratando de que Miguel no viera las lágrimas que empezaban a asomarse en mis ojos.

La doctora estaba sentada a mi lado. Sangraba por una herida que tenía en el brazo y se agarraba la pierna que tenía rota. Yo ya no sangraba por la nariz, pero experimentaba un fuerte dolor de espalda. La ayuda venía de camino y los efectivos sanitarios habían salido a buscar oxígeno para Miguel. La miré buscando una esperanza. Ella bajó los ojos y agarró la mano del niño. Me senté a esperar, mas no sé cuánto tiempo pasó sin que nadie regresara. Miguel tenía los ojos cerrados y su respiración se sentía cada vez más débil. El polvo de la destrucción lo cubría todo. Entre los escombros vi la postal de Bogotá que el niño sostenía antes de la explosión, la levanté y traté de dársela.

—Miguel, mira la postal, acabo de encontrarla.

Miguel abrió los ojos, la cogió y se la pegó al pecho.

—Mamá, hace frío… mami, mamita…

La voz se le fue apagando y la postal se le cayó de las manos; un golpe de aire la levantó colocándola junto a la madre. Las pulseras de soga esparcidas por el suelo parecían trazos de colores entre los escombros.

No me separé de él hasta que sacaron su cadáver. Lo colocaron junto al de su madre, en una de las hileras de bolsas negras que cubrían el lateral de las vías. Su bolsa era la más pequeña de la fila.

Cuando salí de la estación saqué el teléfono móvil del bolsillo y llamé a casa. Emma me contestó medio dormida. Con la voz entrecortada solo logré preguntar cómo estaba nuestro hijo.

Libélula de la suerte

Alba se miró el tatuaje en forma de libélula que tenía en el vientre, debajo del ombligo. Apenas conservaba el color de veinticinco años atrás. El tatuaje era igual al de Niko, se lo habían hecho una tarde en Atenas, porque él lo consideraba un símbolo de la buena suerte. Alba no creía en supersticiones, pero a veces la embriaguez de muchas noches de sexo es más potente que la del alcohol y, sin darle pensamiento, se dejó marcar la piel para toda la vida. Alguna vez había pensado quitarse el tatuaje, pero le recordaba a Niko y por él, había estado dispuesta a casi todo.

Había pasado una semana desde el diagnóstico contundente de su médico: hepatitis C. No tenía síntomas, pero unos laboratorios hechos en un centro de donación de sangre le confirmaron la serología positiva. El doctor le había hablado de más análisis, incluso de la posibilidad de una biopsia del hígado. Tendría que comenzar un tratamiento farmacológico por vía oral, inyecciones semanales por un periodo largo y después, una reevaluación para determinar otras indicaciones. Pero todo eso tendría que esperar. Por primera vez en muchos años sintió que no era invencible y que la vida tiene caducidad. Tan pronto salió de la consulta, compró los billetes de avión y llamó a Cari para hacerle saber que se iban a Santorini. Alba tuvo que rogarle a su hermana para que la acompañase, porque, tras muchas peleas por las malas decisiones de Alba y el mal carácter de Cari, tenían un acuerdo sin firmar de verse y hablarse lo menos posible. Muy a pesar de ambas, Alba necesitaba a Cari para cuando le confesase la verdad a Niko y Cari, tenía que tratar, hasta el último momento, que Alba desistiese de la idea.

Alba terminó de guardar la última ropa, cerró la maleta, se miró en el espejo antes de salir de la habitación. Estaba a punto de cumplir cincuenta y dos años y aunque, ciertamente, no los parecía, se preguntó qué iba a pasar por la mente de Niko al verla después de tanto tiempo. Se habían mantenido en contacto a través de los años, con cartas y llamadas esporádicas, pero no se habían vuelto a ver. Tampoco él sería el mismo, media vida separados y, sin embargo, unidos por un vínculo que solo ella y Cari conocían. A Alba le esperaba un viaje largo, considerando que podía haberse economizado el trayecto Miami-Nueva York, pero tenía que recoger a Cari en JFK o no se subiría en el avión.

El vuelo a Nueva York se le hizo eterno y el segundo trayecto hasta Atenas, ya acompañada de su hermana, le pareció interminable. Cari, siempre taciturna, durmió prácticamente todo el vuelo mientras ella, desvelada por la ansiedad, se levantó varias veces a estirar las piernas. Entre idas y venidas Alba se bebió varios tragos, se hubiese fumado una cajetilla entera de cigarrillos de no estar terminantemente prohibido fumar en los aviones. Finalmente, casi dos días después de salir de su apartamento en Miami, llegaron a Santorini.

Se registraron en un hotel pequeño que quedaba a pocos minutos en taxi del centro de Fira. La habitación estaba decorada de manera sencilla, las paredes pintadas de blanco calizo y las ventanas y puertas del mismo tono azul que los techos de las casas. Las flores en tonos malvas y violetas adornaban el balcón, rompiendo la armonía bicolor, y servían de marco para mirar hacia el mar. Alba salió a fumar a la terraza de la habitación para no molestar a Cari; mientras esta leía los mensajes de su teléfono.

Más tarde, cuando Alba se preparaba para salir, se levantó la camisa para mirar la libélula en el vientre, le pareció que había recobrado algo de color en la parte del abdomen, aunque las alas seguían opacas. Incrédula, pensó que era su imaginación. Se bajó la camisa e inmediatamente la aplicación del teléfono le avisó que el UBER estaba llegando a recogerlas.

Un rato después, ambas estaban cenando en la terraza de un restaurante. El sol empezaba a ponerse en el horizonte y los destellos amarillos sobre el agua hicieron que Alba cerrase los ojos durante unos segundos. Cuando los abrió decidió que era el momento de sincerarse con su hermana.

—Estar aquí es como volver a empezar. Pasan los años y uno se pregunta si erró demasiado el camino —le dijo a Cari después de beber un sorbo de vino.

—El tiempo no tiene vuelta atrás —atajó Cari —. Y lo sabes. Tú elegiste ser libre. Primero dejaste a Niko sin darle explicaciones, siete meses después me entregaste al niño para que lo cuidara. ¿Crees que a estas alturas Niko va a querer volver contigo? No te va a perdonar nunca que le hayas mentido como lo hiciste y yo, no te voy a apoyar en esta idea ¡Joaquín es mi hijo!

—Cari, escúchame… no quiero quitarte a Joaquín, siempre será tuyo, lo has cuidado, has sido su madre. Yo no lo hubiese hecho mejor que tú, no sirvo para cuidar a nadie ni siquiera a mí misma. Soy un desastre, por eso terminé con Niko y por eso te entregué a nuestro hijo.

—No digas nada —interrumpió Cari—. No me interesan tus razones, es mío ¿entiendes? Me lo entregaste con cinco días de nacido, tuve que criarlo sola hasta que conocí a James, quien lo ha criado como si fuese de él. ¡Ni siquiera sabe que lo pariste tú!

—No te lo quiero quitar, pero necesita saber la verdad. Los dos necesitan saber la verdad, son padre e hijo. Los quería y los quiero a los dos, pero tuve miedo.

—¿Miedo? Egoísmo, siempre has sido una egoísta, desde que éramos pequeñas. Alba la niña buena, la que tiraba la piedra y escondía la mano. Yo detrás de ti, escondiendo y tapándolo todo. Siempre he tenido que cargar con tus culpas. Pero fíjate, me entregaste a Joaquín para seguir viviendo tu vida y yo, me quedé con lo único bueno que ha salido de ti. No pienso devolvértelo. Confórmate con ser la tía perfecta que lo visita dos veces al año. Estás a tiempo, llama a Niko y dile que no has podido venir, que se olvide de esa maldita cita que tienen mañana.

—Lo siento Cari, mañana voy a encontrarme con Niko, le voy a decir toda la verdad. Si quieres apoyarme en esto y confirmas lo que pasó, será más fácil. Si no, hay maneras de probar que somos sus padres biológicos.

Estoy dispuesta a llegar hasta el final. Tú decides, sabes que nunca me doy por vencida.

Cari se levantó de golpe de la silla. Posó la mirada durante unos instantes en los ojos de Alba, agarró con furia el bolso y se dio media vuelta. Mientras corría hacia la salida tropezó con una mesa en la que un hombre cenaba solo. Cari, sin disculparse, le miró a la cara, se acomodó el pelo y se fue.

Alba terminó de beberse la copa de vino que tenía servida, luego se tomó varias más. Ya era muy tarde en la noche cuando el mozo le trajo la cuenta. En el restaurante solo quedaban ella y el hombre solitario con el que Cari había tropezado. Para salir, tuvo que rodear la mesa en la que estaba sentado. Alzó la vista para mirarlo y se fijó en la cicatriz que le partía el labio superior, dándole un aspecto siniestro. Un escalofrío le recorrió el cuerpo y salió apresuradamente del restaurante.

Cruzó la acera y subió por una calle pequeña hasta la plaza. Aunque había taxis disponibles, o podía haber llamado a un UBER, prefirió ir a pie hasta el hotel. Le gustaba andar, igual que a Niko. Alba estudiaba en Atenas cuando le conoció en Santorini, donde él vivía, desde el primer día se hicieron inseparables, hasta que Alba descubrió que estaba embarazada. Entonces decidió dejarle sin contarle que estaba esperando un hijo suyo. Hizo las maletas, ante la mirada atónita de Niko, se despidió con un beso y le dijo que no había nacido para el compromiso. No se habían vuelto a ver y ahora Alba estaba allí para decirle que tenían un hijo juntos ni siquiera entendía muy bien por qué después de tanto tiempo, pero estaba decidida a ser honesta.

Alba siguió andando hasta que cruzó la plaza y entró por un callejón interior. Estaba oscuro y solo se escuchaba el sonido de sus tacones en el asfalto. Era tarde, todas las ventanas de las casas estaban cerradas. Aligeró el paso para tratar de llegar a una calle abierta que se veía a lo lejos. Se dio cuenta de que alguien la seguía y sintió miedo. Empezó a correr, escuchaba los pasos cada vez más cerca. Trató de acelerar, pero los tacones no la dejaban ir más deprisa. Una sombra la agarró por detrás y la tiró al suelo boca abajo, golpeándose la cara con el asfalto. Medio aturdida por el golpe sintió que la levantaba del suelo y la volteaba boca arriba. Trato de resistirse, pero su atacante le puso un cuchillo en el cuello. Ella enmudeció, era el hombre del restaurante. Sin que Alba pudiese reaccionar, el asaltante le arrancó la parte inferior de la ropa con la mano que tenía libre y la penetró. El miembro intruso quebró su vagina y se apoderó de ella con urgencia. Alba cerró los ojos y esperó a que el animal desbocado que tenía encima parase de moverse. Cuando creía que todo había terminado sintió que se le desgarraba el pecho.

—No se sabe qué pasó —le dijo Cari a Niko al día siguiente entre sollozos—. Terminamos de cenar, discutimos y me fui. La dejé en el restaurante. Cuando vi que no llegaba la llamé y como no me contestaba llamé a la policía. La encontraron en un callejón. Estaba muerta. Violada y apuñalada. No debí dejarla sola.

Niko tenía la espalda recostada contra la pared, el rostro lívido y los ojos enrojecidos.

—¿Puedo verla? —preguntó Niko con voz entrecortada al policía a cargo de la investigación.

El oficial abrió la puerta y lo dejó entrar. La habitación estaba fría. Se acercó a la mesa y levantó la sábana blanca que la cubría. La contempló durante un rato, hacía tanto tiempo que no la miraba. Levantó la sábana un poco más para verle el cuerpo. Examinó la puñalada, certera, en el pecho. Cerró los ojos instintivamente y cuando logró abrirlos de nuevo bajo la mirada hacia el tatuaje. Acercó la mano y pasó los dedos sobre la libélula, la piel estaba fría bajo sus yemas. Lo recorrió con calma, tratando de perpetuar el recuerdo de la tarde en la se hicieron ese tatuaje para la buena suerte. Con Alba le habían fallado todas las supersticiones, maldita libélula y maldito tatuaje, no habían servido de nada. Allí estaba ella, sin vida. Sintió deseos de arrancarle la figura de la piel, con las uñas, trazo a trazo, milímetro a milímetro. Sin fuerzas, haló la sábana blanca que llevaría de ahora en adelante pegada a la memoria, mientras una lágrima de vida caía sobre las alas de la libélula. Antes de taparla por completo la miró por última vez, después, salió de la habitación. Tan pronto se cerró la puerta detrás de Niko, la libélula fue recuperando su color original mientras se abría paso entre la piel de Alba. Primero sacó un ala, después la otra, y casi al instante el resto del cuerpo. Se deslizó aleteando por las piernas y salió de debajo de la sábana blanca entre los pies descalzos. Llegó hasta la ventana abierta y batiendo las alas se echó a volar.

Afuera, Niko se despidió de Cari, se fue sin saber la verdad.

Cari regresó al hotel después de hacer las gestiones para la cremación y el traslado de las cenizas de Alba a Estados Unidos. Cuando llegó a la habitación se fijó en una cajetilla de cigarrillos que su hermana había dejado abierta sobre la mesa de noche. Pensó en agarrar uno antes de salir a la terraza, pero nunca había fumado y no iba a empezar ahora. Había tratado de disuadir a Alba, la había acompañado hasta Santorini para hacerla entrar en razón hasta el último momento. No le quedó más remedio que darle el aviso de seguir adelante al asesino a sueldo: un tropezón en la mesa era la señal. Estuvo a punto de seguir de largo cuando iba saliendo del restaurante, pero, para ella, Joaquín estaba por encima de todo. No había sido muy difícil conseguir aquel matón, su marido tenía muchos contactos en Nueva York, y Cari movía los hilos de los negocios de James a su antojo. En el bajo mundo se compra todo con dinero, o casi todo.

Se sentó afuera en una de las butacas de la terraza, le pareció que la brisa traía el olor a rosas del perfume que usaba Alba. Recostó la cabeza en el respaldar. Por fin le había ganado una partida a su hermana. La última. Ya no tendría que volver a competir con ella.

Agotada, se quedó dormida, sin notar que la libélula de la suerte revoloteaba sobre ella.

El superviviente

El Cheri, como le llamaban en el barrio, se consideraba un superviviente. A sus ochenta y seis años era viudo, había vencido un cáncer, una guerra y estaba ciego, después de viejo, por una enfermedad ocular. Tenía tres hijas, pero lo visitaban poco, y hacía varios meses que se había muerto Tino, el pastor alemán con quien compartía la vida.

Cheri no salía mucho de casa, pero le gustaba visitar a Paco, alguna que otra tarde, cuando el dolor de espalda y el tiempo se lo permitían. Su amigo vivía a cinco minutos de su casa, cruzando la calle, en el segundo piso de un edificio de nueve plantas que quedaba justo entre la farmacia y la droguería.

Paco Campos vivía con Lola y una gata adoptada. De vez en cuando le visitaban dos adorables nietas que le recordaban a Cheri sus hijas cuando eran más pequeñas. Lola hacía unas rosquillas para chuparse los dedos y las chicas eran encantadoras.

Cuando visitaba a Paco se sentaba en el salón a escuchar las noticias que veía su amigo en la televisión, a charlar o, simplemente, a disfrutar de la algarabía de una casa llena de vida. Hasta la gata (a Cheri nunca le habían gustado los gatos) le hacía sentirse querido cuando se restregaba entre sus piernas. Los Campos no solo lo hacían parte de la familia, sino que siempre lo acompañaban de regreso hasta el portal de su casa. Cuando estaban solos Paco y Lola, Paco lo llevaba y cuando estaban las chicas, alguna de ellas se encargaba.

Una tarde, estando en casa de Paco, llegaron las nietas con una amiga que Cheri no conocía. Desde que las escuchó entrar por la puerta notó una voz que no era familiar. Catalina se llamaba (logró captar el nombre en la conversación que se acercaba por el pasillo) tenía la voz timbrada y potente. Un desasosiego inusual se apoderó del Cheri, podía, no solo distinguir la voz de la invitada desde la distancia, también percibía un aroma intenso a gardenia que le recordaba a sus años mozos en su pueblo natal. Como en una reacción en cadena, la gata, que estaba ronroneando a su lado, se enderezó y alejó de sus piernas.

El Cheri, sin poder recomponerse de la impresión que le causaba la presencia de la joven Catalina, apenas probó bocado, se mantuvo callado durante toda la visita. Paco, extrañado por la actitud de su amigo, le preguntó, varias veces, si se encontraba bien o si tenía alguna preocupación. Cheri se mantuvo taciturno, en la espera de que la inoportuna visita decidiera irse para poder tener su rato de ocio, en paz, pero Catalina seguía inamovible en el salón, con las nietas de Paco.

Cansado de esperar, el Cheri anunció que se retiraba y para su sorpresa, Catalina decidió también que era momento de marcharse. Como de costumbre, Paco le pidió a una de sus nietas que le acercase a casa, pero Lola gritó desde la cocina que necesitaba a las chicas para que la ayudasen a preparar la cena y le pidió de favor a

Catalina que le acompañara. De nada sirvió negarse, con la excusa de no molestar; el Cheri salió de casa de Paco agarrado del brazo de Catalina, como quien se aferra a la única tabla de salvación en medio del mar.

La puerta de casa de Paco se cerró a sus espaldas y el Cheri emprendió, junto a Catalina, el recorrido por el largo pasillo interior que conducía hasta las escaleras. Sintió como le empezaban a sudar las manos con el contacto de la piel de la joven. Trató de serenarse, pero el aroma a gardenia se le metía por los orificios de la nariz. Empezó a marearse, hizo ademán de soltarse y Catalina le agarró la mano con fuerza.

—¡Cuidado, abuelito! No se me vaya a caer —le decía mientras tiraba de él—. Mire que ya no está usted para caídas.

El Cheri trataba de mantener el paso, pero Catalina aceleraba y se detenía de sopetón, haciéndole perder el balance. Cada vez que estaba a punto de caerse la joven lo agarraba con fuerza y lo sacudía para enderezarlo, como si se tratase de un muñeco de trapo.

—¡Uy, que se me cae! Así, viejito, derechito, dele que usted puede —le decía entre risas, mientras lo zarandeaba de un lado a otro por el pasillo.

El Cheri hubiese querido gritar, pedir auxilio, pero estaba tan ofuscado en no dejarse caer que no le salían las palabras. Catalina era más rápida que él y lo sacudía con una fuerza demoniaca. Con cada sacudida sentía que iba a romperse en pedazos. La joven paró de moverlo y en el instante en el que el Cheri abrió la boca para gritar sintió una bofetada que le dejó mudo y sin respiración.

—Ni se le ocurra abrir la boca, abuelo ¿o prefiere que le diga Cheri? Mire que estamos al pie de la escalera y si le oigo rechistar lo empujo y se me va derechito al infierno. Aquí en este pasillo es donde le gusta a usted tocarles las tetas a mis amigas, ¿verdad?

El Cheri no respondió, la pregunta lo había dejado más mudo que la bofetada. Esas niñas zorras habían hablado de más. Se los había avisado desde pequeñas: si hablaban el demonio iba a visitarlas y se las llevaría al infierno. Ahora era él quien tenía al demonio respirándole en el cuello, con voz de serpiente y olor a gardenia, como la puta amiga de su madre; la que le había enseñado los placeres de la carne, cuando Cheri tenía apenas trece años. Nunca había sido el mismo después de aquello. Había tratado de reprimirse, pero le gustaban las niñas y su ceguera le había permitido licencias que de otro modo nunca hubiesen estado a su alcance.

—Viejo zorro, con el cuento de que no ve, va usted tanteando brazo arriba. Conmigo no se atreve, pero a ellas bien que las ha amenazado desde que son pequeñas. Pero ya se le acabo la fiesta, ¡cabrón! —le espetó mientras le apretaba con fuerza los genitales.

El Cheri se retorció de dolor, había sobrevivido muchas cosas en la vida, pero no estaba preparado para el empujón que vino después. Cayó rodando escalera abajo, rompiéndose en pedazos. Abajo lo esperaba la gata, donde llegó sin vida y sin bastón.

La ficha del tranque

Aunque Luli había nacido en Matanzas setenta años atrás, la estaban velando en la Funeraria Martí en Cayo Hueso, Florida. Antes de morir, había pedido que le dejaran la caja abierta para que la vieran por última vez. Llevaba puesto un traje blanco, en la cabeza una flor amarilla con los pistilos plateados y los labios pintados de rojo. En las manos una estampilla de la Caridad del Cobre. La capilla estuvo abarrotada durante todo el velorio. Luli tenía cinco hijos, doce nietos y todos, habían venido para verla por última vez. Cuando llegó el momento de cerrar la caja, los vecinos y amigos salieron para dejar que la familia se despidiese de ella. Su nieto menor, el de siete años, se acercó y sin que nadie se diese cuenta metió una ficha de dominó con el doble seis dentro del ataúd.

—Yaya, aquí tienes, la ficha del tranque —susurró.

Después de cremar los restos, la comitiva fúnebre salió de la funeraria, tomó la carretera que colinda con la costa y se detuvo en el punto más cercano a Cuba, conocido como *The Southernmost Point*. Sus hijos y demás familiares se bajaron de los automóviles para luego subirse en la lancha que los estaba esperando. Su hijo mayor llevaba en la mano una urna con las cenizas. Navegaron un rato y en mar abierto, echaron sus restos al agua. En ese lugar descansaría Luli, a menos de noventa millas de la península de Hicacos en Matanzas, Cuba. A lo lejos, en el Cayo, se escuchaba *La vida es un carnaval*.

El día en el que nos comimos el reloj antiguo de la abuela

Nos invadieron de noche, sin tregua, por tierra y por mar. En el fondo sabíamos que llegarían, pero esperábamos un milagro. Cuando oímos las alarmas corrimos a meternos en el hueco del armario que mi padre había convertido en refugio. No sé cuánto tiempo estuvimos escondidos allí, mi hermano se quedó dormido en los brazos de mamá y yo, logré conciliar el sueño apoyando la cabeza en su regazo. Cuando salimos de nuestro escondite ya era de día, nos asomamos con cautela por la ventana y vimos la destrucción. Nuestro edificio seguía en pie, pero un bloque más abajo los bombarderos habían atinado. De la casa de mi amigo Juan solo quedaban escombros. Pensé en él y en su abuela, que cocinaba los mejores postres del mundo.

Estuvimos escondidos en casa durante varios días, encerrados, confiando en que mi padre regresaría para sacarnos. Se había unido a las tropas de resistencia unas semanas antes del último asedio, pero no regresó. En su lugar llegó uno de sus compañeros de lucha, un vecino cincuentón como mi padre. Apareció de madrugada y, sin preámbulos, le comunicó a mi madre que era una viuda más y nosotros, dos huérfanos nuevos. Así se anunciaban los muertos durante las guerras. El cadáver de nuestro padre se había quedado debajo de los escombros, imposible de recuperar sin arriesgar la vida.

Apenas tuvimos tiempo de llorar ni de sacar nada de casa. Un último convoy iba a salir en cuatro horas hacia la frontera. Había espacio para nosotros tres y para la mujer de nuestro vecino. Ayudé a mamá a preparar unas mochilas con una muda para cada uno, algunas latas, un abridor y botellas de agua. Aunque no quedaba mucho espacio, cogí el oso de peluche de mi hermano y el libro de poemas que me había regalado mi padre en mi último cumpleaños, tres meses antes de aquella noche.

Mi madre recogió nuestros documentos, dinero y las alhajas que guardaba en el armario de la habitación. Lo envolvió todo en un pañuelo de seda, en el que predominaba el color de nuestra bandera, y lo guardó en un pequeño saco que se ciñó al cuerpo con una faja. Después salimos al encuentro de nuestros vecinos para irnos con ellos en el convoy.

Así dejamos nuestro hogar, huyendo de nuestra vida para tratar de salvarla.

Atravesamos la frontera en la parte trasera de un camión. El nuestro estaba de los primeros, detrás nos seguía una fila interminable de desamparados. Hubiese querido poder mirar hacia afuera para ver, por última vez, mi patria, pero íbamos a oscuras, hacinados, oliéndonos el hambre y el miedo. Alguien empezó a cantar nuestro himno, casi en un susurro, uno a uno fuimos uniéndonos hasta hacer un coro de despedida.

Logramos cruzar la frontera, después llegaron los refugios, las largas colas por un plato de comida y un vaso de agua, las lágrimas de nuestras madres cuando nos creían dormidos y la añoranza, que aún, es nuestra compañera.

El primer año en nuestra nueva casa fue muy duro. Vivíamos en un barrio de refugiados, en una de las chabolas que el gobierno de acogida había destinado para nosotros. Éramos muchos en el barrio; algunos, como mi madre, trabajaban para ganarse el poco pan que llevaban a la mesa, otros, robaban para subsistir. Mi madre trabajaba en una fábrica de conservas y yo, cuidaba de mi hermano cuando salíamos del colegio. No teníamos para lujos. A veces, los tres teníamos que mojar el pan en la yema del único huevo frito que había para cenar. Mamá le restaba importancia, nos decía que comernos el huevo juntos nos mantenía más unidos. Desde que mamá murió nunca he vuelto a comerme un huevo frito; mi hermano, tampoco. Nos recuerda a nuestra madre, también nos revive el hambre y el miedo.

Nunca olvidaré la pequeña fiesta de cumpleaños que me hizo mamá cuando cumplí quince años, dos años después de mudarnos a las chabolas. Invitamos a mis amigas del colegio, las del barrio. Mamá me cosió un vestido nuevo con una tela de colores que le regaló una de sus jefas de la fábrica. Era de pequeñas flores azules y amarillas. Me hizo un lazo a juego y me recogió el pelo en una trenza. Recuerdo cómo me miraba cuando terminó de vestirme para la fiesta. Ya tosía mucho, estaba delgada, aunque no tanto como cuando murió: en el ataúd estaba delgadísima. También nos hizo galletas, preparó entremeses y hasta nos sirvió refrescos. Llevábamos tanto tiempo sin beber refrescos, que hasta hipo me dio beber el primer sorbo.

También me compró un regalo: una caja de muñecas con una bailarina que daba vueltas con cuerda. Todavía la conservo. Mamá sabía cuánto extrañaba mis clases de ballet.

Me cantaron feliz cumpleaños con un pastel delicioso de chocolate y fresas y mis amigas quedaron tan contentas, que hablaron de mi fiesta durante varias semanas.

Ese fue uno de los días más felices de mi vida, también fue el día en el que nos comimos el reloj antiguo de la abuela. Años después traté de recuperarlo en la casa de empeño que visitaba mamá, pero ya se lo habían vendido a un turista, de los que vienen de visita a nuestra patria de acogida desde la patria que nos robaron al otro lado de la vida.

Natalia Victoria Galindo nació en Bogotá, Colombia, y vivió sus años de infancia en Madrid, España. Vive en Puerto Rico desde 1979, donde se desempeña como profesional en el campo de las finanzas y la contabilidad. Posee un bachillerato en Administración de Empresas y una maestría en Creación Literaria de la Universidad del Sagrado Corazón. Ha sido premiada en varios certámenes literarios en Puerto Rico. Algunos de sus cuentos se han publicado en revistas y antologías. En la actualidad escribe su primera novela.

www.ingramcontent.com/pod-product-compliance
Lightning Source LLC
Chambersburg PA
CBHW051345020726
47501CB00007B/2275